KB010923

혹해서 훅 가다

2022년 봄, 산티아고 순례길 800km의 맛

혹해서 훅 가다

구연미

2022년 봄, 산티아고 순례길 800km의 맛

생각나눔

목차

3. Postre

1. 프리메로 Primero

- 전식요리

1. 혹했고 그래서 훅

오늘도 눈을 감은 채로 밤을 새우다 새벽에 잠들어 한낮이 다 되어서야 깬다. 스페인과 7시간의 시차, 돌려놓는 데는 시간이 좀 걸릴 것 같다. 위드 코로나 기간, 2022년 4월 12일부터 5월 22일까지 카미노 데 산티아고 콤포스텔라를 향해 달려갔던 40일간의 꿈같은 시간에서 다시 일상으로 돌아오는 것이 쉬우면 마땅히 안 되는 거다.

남편이 우연히 인터넷 검색 중 트레킹 전문 사이트에서 인솔자 동행한 40일간 산티아고 순례길 800㎞ 코스 걷기를 찾아냈다. 오래전 내 버킷 리스트에 적혀 있던 게 퍼뜩 생각나더란다. 바로 신청했다. 애들 키우면서 일하던 시절, 가고 싶은 곳을 그저 그리워하고만 살았다. 메모꽂이에 꽂힌 빛바랜 사진 한 장으로 그리움을 누르면서. 버킷 리스트 자체를 까맣게 잊고 지냈는데. 역시 오래된 벗이 최고다, 고마운 사람.

바로 동참할 도반을 찾았다. 친구 문옥. 여고나 대학 시절 함께할 시간이 많지 않아서 데면데면했는데, 최근 독서모임을 하면서 친해졌다. 한 달에 한 번 선정한 책을 같이 읽고 공감하며 토론도 하는 모임이다. 책을 함께 읽고 공감할 이가 별로 없어서 늘 아쉬웠다. 나이 먹어 가면서 정서적으로 교감할 수 있는 벗이 있다는 건 행운이다. 둘이 의기투합하여 6개월간 산티아고 순례길 걷기를 차근차근 준비했다. 나는 20년 이상 꾸준히 걸어온 뚜벅이지만, 친구는 그렇지 않아 그때부터 걷기 훈련에 돌입했다. 둘 다 하루도 빠짐없이 매일 걸으면서 몸을 살폈다. 산길이든 평지든 가리지 않고. 발도 꼼꼼히 체크했다. 무지외반증에 평발인 나와 까치발인 친구. 발에 맞는 깔창도 맞추고 심

사숙고 끝에 편한 등산화도 준비해 둔다. 등산 양말, 등산복, 심지어 속옷까지 어떤 게 현지 상황에 적합한지 고민했다. 침낭도 고르고 다른 준비물도 꼼꼼히 챙기면서 보낸 6개월, 그 자체로 설레는 애피타이저 맛보기 놀이가 되었다.

또 다른 맛보기. 꿈에도 생각하지 못했던 스페인어를 접하게 된다. 생존 회화를 익히자는 게 일차적 목적이었다. 누군가 꿈을 꾸는 법도 배워야 한다고 했다. 옳은 말이다. 6개월간 스페인어 기초 문법과 회화를 익히면서

혼자 놀았다. 스페인을 다녀온 적이 있는 언니가 '부엔 까미노, 그라시아스, 올라' 정도만 알아도 문제없다고 한다. 안 되면 만국공통어 보디랭귀지가 있지 않으냐고. 맞다. 그래도 꿈은 또 다른 꿈을 부르는 법이다. 남미에서 18개국이나 스페인어를 사용한다 한다. 놀랍다. 익혀두면 뒷날 남미 여행이 수월해질 거다. 영어 다음으로 가장 많은 국가에서 사용하는 언어인 데다 언어인구로는 중국에 이어 세계 2위라니 익혀두면 가성비가 엄청 높을 것 같다. 매일 한두 시간 정도 익혔다. 쉽진 않지만 현장에서 요긴하게 쓰이길 기대하면서.

산티아고 순례길에 관심이 있던 친구가 가이드북을 선물해 준다. 서너 번은 더 읽었다. 백신 3차 접종 외에 독감, 폐렴, 대상포진 접종도 맞고 가라고 일러준다. 바로 맞았다. 출국하기 전 6개월은 산티아고 순례길 800㎞ 걷기의 프리메로[1] 과정이었다. 세군도가 나오기 전의 기다림과 설렘으로 가득 찬 시간, 화이트 와인과 엔살라다[2]로 입맛을 돋우는 시간이었다.

언제 오려나 하던 출국 날이 점점 다가온다. 방 정리를 하고 냉장고도 비우고 덮던 이불도 빨고 여름 이불로 가는 등, 부산을 떤다. 부지런한 편도 아닌데. 언제부턴가 떠날 때 머무르던 자리를 말끔히 정리하는 습관이 생겼다. 나의 하루하루가 담긴 공간이라 소중하기도 하고 무엇보다도 돌아왔을 때 깨

1   스페인어로 전식이 프리메로, 본식이 세군도, 후식이 포스트레다.
2   샐러드를 이르는데 현장감을 살려 엔살라다로 쓴다.

끗하면 기분이 좋다. 또 누군가 나 없는 공간을 봤을 때, '이 사람 막살진 않았네.' 하기를 바라는 마음도 있다. 가족에게 잘 다녀오겠다고 작별인사를 했다. 형제자매와 친구들에게도. 살아보니 내 뜻대로 되는 것이 몇 안 된다는 걸 알지만 그래도 잘 다녀오겠다는 약속만큼은 꼭 지키고 싶다.

여러 조건이 모여서 떠나고 싶은 막연한 욕망을 구체화한다. 위드 코로나 시기 출국이 제한적으로 허용된 2022년 봄, 산티아고 순례길을 걸어야겠다는 욕망이 나를 부추겨서 일상을 탈주하게 한다. 무엇이 날 유혹했는지 정확히는 모른다. 하지만 나는 스페인 산티아고 순례길에 혹했고 그래서 훅 날아가게 되었다.

2. 어쩌자고 시작부터

늘 출발 전날은 잠을 설친다. 정리가 덜 된 일을 마무리해야 마음이 편할 것 같아서 며칠 동안 무리를 했다. 큰 캐리어와 작은 가방을 끌고 배낭을 메고는 남편 차로 친구를 픽업하러 간다. 저도 만만찮은 부피와 무게의 짐을 들고 있다. 부산역에서 남편과 작별하고 둘만 남는다. 3시에 출발하는 KTX에 짐을 싣는 순간 고생길이 열리기 시작한다. 캐리어 무게가 장난 아니어서 들어 올리고 내리는데 어깨와 손목이 휘청거린다.

서울역에 배웅 나온 친구를 만난다. 정갈한 한식당에서 된장국에 해물 돌솥영양밥을 사 준다. 당분간 우리 음식이 그리울 거라면서. 고마운 친구. 바쁜 일상 중, 누군가를 위해서 기꺼이 시간을 낸다는 게 어디 쉬운 일인가! 체구는 작지만 당차고 의리 있는 친구다. 작별하고 지하철로 인천공항을 향한다.

엘리베이터, 에스컬레이터, 무빙 워크웨이. 편리한 이동수단을 죄다 이용해도 짐은 결국 내 팔과 내 어깨 힘을 써야만 한다. 놀이가 시작도 되기 전에 벌써 후달린다. 부산에서 인천공항까지 가는 데에 최소한 한나절이 소요된다. 이럴 땐 서울시민이 부럽다. 밤 9시에 미팅. 짐 정리를 다시 하고 복잡한 탑승 수속 절차를 거친다. 위드 코로나 기간이라 영문 백신증명서는 여권만큼 잘 챙겨야 한다.

공항 화장실, 엉덩이 한쪽에 볼록한 게 만져진다. 불길하다. 단순 포진을 앓지 않은 지가 제법 오래됐는데, 설마? 두려워 제대로 보지 않았다. 아니, 아닐 거야. 출국시간은 11시 55분. 집 나온 지 12시간 넘어서야 두바이행 비행기에 탑승한다. 에고! 이미 우리의 순례길은 시작됐다. 내겐 장거리 걷기보다 장시간 비행기 탑승이 더 버겁다. 300명까지 탑승 가능한 거대한 비행기. 그 많은 좌석이 다 찼다. 막힌 공간 좁은 좌석에 쭈그리고 앉아 두바이까지만 9시간 30분 이상 가야 하는 고행이 시작된다.

4/12 화

코로나로 해외여행이 힘들어져, 2년 이상 접할 수 없었던 기내식이 그나마 위안이 된다. 아랍에미리트 항공기 기내식, 훌륭하다. 한 번은 한식으로 오징어고추장볶음, 나물밥에 김치, 후식으로 빵, 버터, 잼에 화이트 와인. 한 번은 양식으로 삶은 콩과 소시지, 스테이크와 오믈렛과 레드 와인이다. 단톡 가족방에 올리면서 자랑한다. 들어나 봤나? 기내식! 먹어나 봤나? 기내식! 부럽지? 코로나로 해외여행이 금지되자 다들 국제선 기내식을 그리워했다. 이런 걸 그리워하게 될 줄이야! 코로나라는 괴질이 세계인의 발목을 잡을 줄 누가 알았겠나! 발목만 잡았으면 괜찮게. 얼마나 많은 인명을 앗아갔나! 마스크 쓰는 게 일상이 된 세상을 꿈에라도 그려본 적이 있었나! 그런데 지금 나는 두바이행 국제선을 탔고 기내식을 먹고 있다. 감사하다.

엉덩이와 다리가 불편하다. 대상포진 접종을 해도 나의 만성적인 질병인 단순 포진에는 별 소용이 없다. 불면과 과로가 면역력을 떨어뜨려 병이 유발됨을 누구보다 잘 알고 있건만, 휴. 설렘과 과욕이 부른 참사니 전적으로 내 잘못이다. 두바이공항 화장실에 가서 살펴보니 벌건 물집이 보인다. 두바이공항 환승 대기 시간은 3시간 이상 소요되고, 환승 과정도 꽤 복잡하다. 공항의 엘리베이터는 수십 명이 한꺼번에 탈 수 있을 정도로 거대하며, 환승 지하철도 규모가 장난이 아니다. 두바이공항, 쓸데없이 큰 거 아닌가! 잠시 착각한다. 아니지. 코로나 이전이었으면 이 정도 규모는 되어야 수많은 여행객을 수용할 수 있었겠지.

다행히 친구가 항생제 소염제 연고를 챙겨와서 마드리행 비행기에서 약을 먹고 발랐다. 큰일이다. 시작부터 이런 컨디션으로 먼 길을 어찌 걸어낼까? 기가 찬다. 몸 전체에 열감도 있다. 물집이 의자에 닿으니 쓰리다. 다행히 옆자리가 비어 누에고치처럼 웅크리고 누웠다. 친구가 담요를 덮어주면서 걱정한다. 마드리드까지 다시 8시간 가까운 비행. 그냥 죽여준다.

불편해서 일어나 앉았다. 어쩌자고 시작부터 이러지! 지푸라기라도 잡는 심정으로 셀프 주역점을 보기로 한다. 주역 카드와 노트를 꺼내 트레이에 놓는다. 예전 신영복 선생의 『강의』를 읽었을 때, 주역 관련 파트를 제대로 이해하지 못해 아쉬웠다. 동양 철학이나 문학, 예술에 기본적으로 깔려있는 것이 주역사상이라 언젠가 꼭 한번 공부를 하리라 마음먹었다. 마침내 기회가 닿아 친구랑 주역 공부를 하게 되었다. 풍월을 읊는 서당개보다야 낫지 않겠나 하는 심정으로.

수첩에다 이 상태로 산티아고 순례길 800㎞를 무사히 걸어낼 수 있을지 하늘의 지혜를 구한다고 진심을 담아 쓴다. 트레이에 담요를 깔고 동전을 던졌다. 처음 세 번은 하괘로 뢰(雷)괘가 나오고 다음 세 번은 상괘로 지(地)괘가 나왔다. 떨린다. 무슨 괘일까? 찾아보니 64괘 중 지뢰(地雷) 복(復)괘다. 땅에서 새싹이 울울 올라오듯, 다시 회복될 수 있다는 괘다. 천만다행이다. 친구도 같은 심정으로 주역점을 본다. 경험자는 안다. 자신만의 간절한 소망을 하늘의 지혜를 빌어 알아보고자 할 때 얼마나 떨리는지. 친구는 현재는 손(巽)괘이고, 미래는 정(鼎)괘로 나왔다. 세상에나! 현재 상황을 겸손한 자세로 대하다 보면 점점 새로운 단계로 발전해갈 수 있다는 괘다. 종합하면 둘 다 반드시 위기를 극복하고 이겨낼 수 있다는 거다. 엄청 위로가 되었다.

주역이든 뭐든 인간은 신이 아니기 때문에 큰일을 앞두고는 두렵고 불안하기 마련이다. 점을 본다는 것을 미신을 믿는 거라 안 좋게 보지 말고 인간이 스스로 여리고 선한 존재임을 인정하는 것으로 봐야 한다는 신영복 선생의 말에 공감한다. 좋은 것은 바위에 새기고 나쁜 것은 조심하다가 때가 되면 흐르는 강물에 흘려보내면 된다. 그래, 몸을 추스르자. 초반에 아픈 걸 다행이라 여기자. 억지로 기내식을 먹고 약도 챙겨 먹고 연고도 바르면서 지난한 시간을 견뎌낸다.

드디어 마드리드공항에 도착했다. 전용 차량으로 마드리드에서 생장으로 7시간 이동한다. 비행기와 차로 거의 24시간을 쓴다. 걷기도 전에 뒈질 판이다. 좌석 두 개에 몸을 구겨 넣고 누웠다. 물집 잡힌 부분이 아프고 다리가 쑤셔서 앉는 것보다 차라리 드러눕는 게 낫다. 키와 몸집이 작아서 그나마 다행이다. 몸이 저려 자세를 바꾸고 앉아서 넋 놓고 차창을 본다. 노란 유채밭과 연초록 밀밭이 새파란 하늘과 지평선에 맞닿아 있다. 수직으로 곧게 뻗은 진초록 가로수. 저건 고흐 그림, 「별이 빛나는 밤에」서, 검푸른 밤하늘 노란 별 무리 사이에 서있는 사이프러스나무 바로 그거다. 신선하다. 드넓은 메세타 평원, 한적한 국도, 지평선에 낮게 깔린 청회색 뭉게구름. 몽환적인 풍경이다. 내가 드디어 스페인이라는 낯선 나라에 왔구나!

친구가 멀미를 한다. 얼굴이 노랗다. 칠흑같이 어두운 밤길, 빗발까지 내리친다. 밤 피레네 산길은 좁고 구불구불하여 참으로 거칠고 불친절하다. 비행기를 19시간가량 탔지 또 차를 7시간가량 탔으니 멀미가 날 수밖에. 비닐봉지를 갖다 주고 등을 토닥여주는 것 외에 달리 해줄 게 없다. 그나마 나는 포진 때문에 멀미가 발을 붙이지 못했다. 밤 10시 30분경 숙소에 도착. 엄청 피곤한데도 쉬이 잠들지 못한다.

4/13 수

3. 두려움과 설렘 탓인지

생장 피드포트에서의 하루

한밤중에 깼다. 작은 침실 커튼과 바람벽 사이로 스며드는 찬기가 코끝에 닿는다. 침대에 다리를 뻗고 누웠는데도 아직 비행기를 타고 있는 듯하다. 그래도 몸을 뒤척일 수 있으니 좋다. 진통제와 항생제를 대량 복용해도 발진 부위는 여전히 성이 나있다. 우리보다 한 주 먼저 출발한 팀은 눈바람이 몰아쳐 피레네산맥을 넘지 못하고 우회해서 갔다 한다. 피레네산맥 넘을 때 날씨가 좋아야 할 텐데. 이런저런 생각에 새벽이 되어서야 겨우 잠이 들었다. 그래도 오늘 하루는 느긋하게 쉴 수 있어서 다행이다.

산티아고 대성당 미사 볼 때와 마드리드 시내 관광 때 입을까 하고 챙겨온 블라우스와 재킷과 청바지를 꺼내 입는다. 내일은 내일 걱정하자. 정원의 키 큰 나무와 화려한 빛깔의 화초를 보면서 이국임을 실감한다. 기후와 풍토가 다르면 식물이든 동물이든 모양도 때깔도 맵시도 다 달라진다. 넓은 땅과 기름진 흙과 풍부한 수량과 뜨거운 햇살과 습하지 않은 바람이 나무와 화초를 저리도 크고 화려하게 만드나 보다.

산티아고 순례길 중 프랑스길의 시발점인 국경마을, 생장 피드포트를 들뜬

채 둘러본다. 언덕 위에 거대한 생장 피드포트성이 있다. 웅장한 성채. 둘러보는 데도 꽤 시간이 걸린다. 성채가 으리으리하고 우람하다는 것은 그만큼 정치적 군사적으로 중요한 요새라는 거다. 프랑스와 스페인의 국경지대니 더욱 그럴 수밖에. 거대한 잿빛 성벽 돌 틈에 하얀 잔꽃들이, 푸른 잔디밭에는 샛노란 민들레 꽃무리가 고운 수를 놓는다. 숲의 나무는 투명한 연두 이파리에서 짙은 초록 이파리까지 다양한 빛깔과 모양으로 우릴 유혹한다. 연두와 초록 물이 온몸에 스민다. 흐린 하늘을 담은 강물에 이끼 낀 아치형 석교가 일렁인다.

야고보문을 지나 순례자 사무소를 방문한다. 지구촌 각국의 순례자로 북적인다. 2유로를 내고 순례자 여권인 끄레덴시알을 발급받는다. 끄레덴시알은 앞으로 34일 걷는 동안 여권과 함께 소지해야 한다. 둘 다 제시해야 알베르

게 예약도 가능하고 순례자 여권에 찍는 도장인 세요도 찍을 수 있으며, 산티아고에서 완보증명서도 받을 수 있다. 그 옆 주교의 감옥은 입구에서 들여다만 보고 들어가지 않는다. 맞은 편 성모승천 성당에 들러서 순례자의 안녕을 기도하고 나온다. 아직도 혼몽해서 몸이 여기에 있는 것 같지 않다. 가로수로 심은 플라타너스. 대부분 전지를 해서 뭉뚱하게 만들어 났다. 문둥이 손처럼 얄궂어 보인다. 모양을 잡고 나무 그늘을 의도한 방향으로 내기 위해 인위적으로 그리한 것 같은데, 나뭇가지에 위해를 가한 것 같아 보는 내내 마음이 불편하다.

점심은 인근 식당에서 팀원이랑 어울려 먹는다. 오징어볶음, 생선찜과 야채 섞인 삼겹살구이 비슷한 요리를 이것저것 시켜봤다. 메뉴판을 들고 보디랭귀지로 주문을 한다. 직원 보고 "올라! 꾼또 꾸에스따[3] –안녕! 얼마예요–?" 하니까, 씩 웃으면서, "봉주르, 마담!" 한다. 아차! 여긴 프랑스지. 겸연쩍어 배실배실 따라 웃었다. 웃음으로 통했다.

내일 첫 코스 피레네산맥을 넘을 때는 바(bar)나 레스토랑이 없어서 먹거리를 챙겨가야 한다. 내려가니 대형마트 까르푸가 있다. 사과, 바나나, 오렌지, 치즈, 버터, 물, 빵을 잔뜩 샀다. 까르푸에서 숙소까지 거리가 제법 된다. 나누어 들었는데도 엄청 무겁다. 너무 많이 산 것 같다. 어깨에 들쳐 멨다가

---

3   스페인어는 된소리 발음이 많다. 지명이나 많이 쓰이는 고유명사는 표기법에 맞추어 된소리라도 거센소리로 표기하고 실제로 대화에 쓰이는 발음은 그대로 된소리 표기하기로 한다.

이 손 저 손 바꿔가며 겨우 낑낑거리며 들고 오는데, 세상에, 숙소 바로 앞에 떡하니 대형 슈퍼마켓이 있다. 헐! 부식 구입한 걸 배낭과 카고 백에 분배하고 내일 먹을 계란을 삶고 아침거리를 준비해 둔다. 날씨를 고려해 내일 입을 옷을 챙겨놓고 첫 코스를 자세히 살펴보면서 잠자리에 들었다. 시차 탓인지 두려움과 설렘 탓인지 쉬이 잠들지 못했다.

4/14 목

2. 세균도 Segundo

- 메인 요리

도보 1일. 저기가 피레네산맥인가?

생장에서 론세스바예스까지 26km

어제 좀 거닐었더니, 아침 어스름에도 니브강 다리 건너 스페인 문까지 가는 길이 낯설지 않다. 다들 결의에 차서 걸음이 사뭇 비장하다. 나폴레옹이 스페인을 침략하기 위해 택한 프랑스길. 입구에서 기념촬영을 한다. 긴장되지만 한껏 미소를 지으며 첫발에 힘을 주어 내디딘다. 34코스 중 가장 힘든 구간이지 싶다. 장거리 이동으로 시차 적응이 채 안 된 상태인 데다 첫길치고는 너무 길고 고도까지 높은 산길이니까. 게다가 몸 상태까지 온전치 못하니까. 그래도 내 두 발로 걸어가야 한다. 스틱으로 두려움을 애써 누르며 완만한 포장길을 따라 천천히 올라간다.

안개 자욱한 아침. 먼 산 너머에서 산간마을 지붕 위로 서서히 동이 터온다. 초지에 브라운 빛깔의 망아지 한 마리. 뿌연 안개가 황금빛으로 번져가는 하늘을 배경으로 저를 찍어달라는 듯 철조망 사이로 머리를 내밀고 서있다. 짙은 갈기가 아침 햇살에 보드랍고 투명한 솜털로 변한다. 날이 밝아지자 길 위로 구름이 깔린다. 안개 낀 하늘에 청회색 산맥이 구름 위에 무인도처럼 떠있다. 저게 피레네산맥인가?

목초지 구릉에 하얀 것이 점점이 널려있다. 청아한 방울 소리가 들린다. 안개가 걷히자 양 떼임을 안다. 한가로이 풀을 뜯거나 앉아서 쉬고 있다. 부럽다. 후미에서 천천히 걷는다. 우리는 꼴찌가 아니라 공자님의 후예로 처진 순례자를 챙기기 위해서 일부러 뒤에서 걷는 거라며 실없는 소리를 하면서 낄낄대며 걷는다. 웃자, 웃어야지. 대신 아파줄 이도, 걸어줄 이도 없다. 그러니 계속 걸어가야지. 안개를 벗 삼아 경사진 포장길을 올라간다. 길가 마른 고목도 부럽다. 컨디션이 안 좋긴 정말 안 좋은가 보다. 길이라면 다 좋아하던 뚜벅이가 쉬고 있는 양 떼와 서있는 고목을 부러워하다니. 운토마을이다. 발아래 구름이 자욱하다.

한 시간쯤 흙길과 포장길 오르막을 걷다 보니 오리송 알베르게가 나온다. 지금은 순례자 쉼터로 사용하고 있다. 순례자들이 벤치에 배낭을 풀고 간식을 먹으며 쉬고 있다. 오렌지 주스를 시키려고, 짱구를 굴려서 더듬거리며, "올라! 도스 쑤모 데 나랑하, 뽀르 파보르— 안녕하세요! 오렌지 주스 2잔 주세요 —."라 했다. 통했다. 시원한 생 오렌지 주스와 간식으로 에너지를 보충한다. 다시 배낭을 메고는 오리손봉을 향해 안개를 헤집으며 걸어 오른다.

구름 낀 작은 산봉우리가 길 아래 여기저기 흩어져 있다. 저 구름이 손오공의 근두운이라면 론세스바예스까지 가뿐히 날아갈 텐데. 꿈 깨라. 오르다

보니 고도 1,060m인 오리송봉이다. 바람 부는 돌무더기 언덕 위 뭉게구름 앞에 홀로 서계신 성모 마리아. 성모상보다 더 반가운 건 헤르츠라 쓰인 우리 차다. 우리 팀 부장이 차에서 뜨끈한 누룽지 차를 끓여 한 컵 건네준다. 한 모금 삼키자 팔다리에 쌓인 피로가 녹아내린다. 성모상 있는 곳까지 올라가지 않고 먼발치서 바라보면서 기도만 했다. 이 상태로 걸음을 늘리는 건 옳지 않다.

여기가 최고봉이면 좋으련만! 에돌아 한참을 더 오르니 오리손봉 뒤에 더 높은 구릉이 나온다. 프랑스와 스페인 국경지점인가? 드디어 해발고도 1,450 m인 꼴 데 레뢰더까지 올라왔다. 구릉 전체가 말안장 모양으로 움푹 파여있다. 제주 큰 오름 같다. 20.7㎞를 올라온 거다. 화살표 모양 표지에 '론세스바예스'라 쓰여있다. 경사가 심한 하산길이 5㎞ 이상 남았건만, 여기가 목적지였으면 하는 부질없는 생각을 한다. 쉬면서 너덜거리는 마음을 붙잡는다. 하

산길은 언제나 오르막길보다 위험하다. 다리가 풀렸고 긴장감이 떨어져 조금만 방심해도 넘어지기에 십상이다. 스틱을 길게 빼고 무릎보호대를 단단히 한다. 짧은 직선 흙길 대신 약간 멀더라도 경사가 덜한 오른쪽 포장길로 내려간다.

지난한 내리막길. 다리가 휘청거린다. 스틱도 따라 흐느적거린다. 정신은 벌써 달아나고 없다. 굽이굽이 에도는 포장길이 징글징글하다. 이건 아니지 싶어 지름길이라 여겨지는, 비탈진 풀숲을 마구 헤치며 내려간다. 가시에 긁히고 덩굴에 걸리고 낙엽 더미에 빠져 허우적거린다. 잔머리를 굴려도 별수 없다. 그래, 군자는 대로행이지! 궁시렁거리며 바짓가랑이에 들러붙은 도꼬마리를 털고는 다시 포장길로 간다. 걷다가 또 걸음을 줄여야지 싶어 급경사 샛길로 들어선다. 난 제금이 없는 인간이다. 흙먼지 잔뜩 날리며 후들후들 내려간다.

응달진 산길가에 아직 눈이 남아있다. 오늘은 그나마 날씨가 받쳐줘서 다행이다. 비탈에 숨어 핀 남청색 별 모양 꽃, 바람을 맞고도 당당함을 잃지 않는 연보라 엘리지 꽃이 없었으면 아마 주저앉아버렸을 거다. 론세스바예스, 도대체 어디 있니? 기대가 실망으로 바뀔 즈음 조그만 예배당이 보인다. 아닌 줄 알면서 저기가 또 론세스바예스인가 기대한다. 1.5km 마지막 남은 하산길을 굼벵이 기듯이 더디게 걸어간다. 그나마 남아있는 의식이 지친 몸을 겨우 끌고 가다 보니, 저 멀리 론세스바예스 성당 지붕이, 나 여기 있다 하며 빼꼼히 머리를 내밀고 있다.

4시가 훌쩍 넘었다. 9시간 걸었다. 최악의 몸 상태인데도 낙오되지 않고 피레네산맥 26㎞를 넘어왔다. 대견하다. 친구와 얼싸안으며 서로 장하고 수고했다고 격려한다. 성당 안에 공영 알베르게가 있는데 한국에서 개별 예약을 하고 왔다. 친구랑 서로 다른 칸에 배정된다. 나는 중국 아가씨와 아래위 칸을 쓰게 됐다. 말도 안 통하는 데다 다들 지치고 바빠 눈도 마주칠 틈이 없었다. 남녀노소 국적 불문의 순례자 수백 명이 좁은 알베르게에 가득 들어차 있다.

어떤 외국인 남자, 샤워하고 수건으로 아랫도리만 가리고 침대로 걸어가고 있다. 어이가 없다. 샤워실과 화장실이 턱없이 부족하다. 어쩌랴! 고행길이니 받아들여야지. 성당 뒤뜰에 빨랫줄을 치고 빨래를 넌다. 바람에 빨래가 칠락팔락거린다. 석벽 아래 노랗게 칠한 돌판에, '비엔 베니도스– 환영해요 –'라 한 자씩 써서 줄을 세워놓았다. 어, 단어가 읽히네! 공자님 후예는 남들 다 씻은 뒤 늦게 샤워를 한다. 줄을 많이 서지 않아서 좋다고 너스레를 떨면서.

알베르게에 딸린 식당에서 먹은 순례자 메뉴, 요상한 맛이다. 난 입맛이 까다로운 사람이 아니다. 다들 무슨 맛인지 모르겠다 한다. 론세스바예스 식당 요리사가 갑자기 밀려온 순례자 때문에 혼이 나갔든지, 아니면 홀 서빙하는 직원이 대신 요리를 했든지 맛이 정말 별로다. 음식 하나가 사람을 엄청 기쁘게도 하고, 김이 팍 새게도 하는지 잘 알 텐데, 쩝.

내일 입을 옷가지를 챙기고 잘 준비를 한다. 층간이 낮아 2층 침대프레임에 머리를 수차례 박았다. 10시에 소등. 수면제 반 알을 먹고 침낭으로 들어간다. 한 4시간쯤 잤나? 새벽녘 코 고는 소리, 슬리퍼 끄는 소리, 화장실 문 닫는 소리, 변기 물 내리는 소리, 침대 삐거덕거리는 소리에 자다 깨기를 반복한다. 그래도 어김없이 아침은 밝아온다.

4/15 금

도보 2일. 헉, 이층 침대에 난간이 없다

6시 기상. 부스럭거리며 일어나 짐을 꾸리고 길 나설 채비를 한다. 론세스바예스 대성당 가로등 불빛이 새벽의 푸르고 시린 안개 사이로 번져간다. 순례자 그림자 하나 외롭지만 당당하다. 오늘도 통증을 달래가며 걸어야 한다. 부르게테 마을 바에서 데사유노— 간편 조식 로 까페콘레체— 카페라테 —와 함께 햄과 치즈가 든 빵을 서툰 스페인어로 시켜서 먹는다. 계산할 때도, "라 꾸엔따, 뽀르 파보르. 꽌또 꾸에스따?"라 하고 거스름돈과 영수증을 받고는 웃으면서 "무차스 그라시아스." 한다. 주인도 한껏 미소 지으며 "그라시아스." 한다. 으흠, 제법인데. 공진단과 비타민, 항생제와 소염제를 왕창 털어넣는다. "돈데 에스따 엘 바뇨— 화장실은 어디 있나요 —?"도 앞으로 입에 착착 달라붙을 것 같다.

마을 성당 종탑 아래 시계가 8시 15분을 가리킨다. 패딩을 입었는데도 서늘하다. 화단에 핀 노란 달리아꽃. 햇볕 쬐기 전이라 생기가 없다. 이슬만 먹고 살 순 없지. 바람도 빗물도 햇볕도 다 먹어야지. 초지 경계의 숲은 잿빛으로 아직 겨울 이미지이나 풀밭은 여린 초록빛으로 무르익은 봄 이미지다. 똥짤막한 망아지들 한가로이 흩어져 풀을 뜯고 있다. 파라다이스가 있다면 저곳이겠지!

구불구불한 길 양쪽이 다 초록 물결의 목초지다. 서정주의 「푸르른 날」처럼 "눈이 부시게 푸르른 날은 초록에 지쳐서 단풍 들겠네"가 아니라, 나는 지금 온몸이 초록 물결로 차오르고 있다. 걸어가는 다국적 순례자의 뒷모습이 봄 꽃만큼 아름답다. 정말 아름다운 날이다. 아름다운 길이 통증을 잠시 잊게 한다. 그냥 흘러간다.

덩굴나무 숲길. 나뭇잎과 가지 사이로 스며드는 햇빛양에 따라 초록이 채도와 명도를 달리한다. 연노랑에서 연두, 연두에서 초록, 초록에서 진록까지 더 표현할 재간이 없다. 입을 닫아야지. 지금 눈으로 보는 것이, 심호흡하며 몸소 느끼는 것이 전부다. 숲이 짙어 길이 끝나는 곳은 환한 바깥세상과 연결된 신비한 동굴 입구다. 훗날 지구별 여행을 끝내고 저승으로 건너가는 길목도 저렇게 환한 빛으로 가득한 터널이 아닐까! 한 2시간쯤 걸었나? 에로강을 건너 헤렌디아인마을로 들어가, 바에서 오렌지 주스를 마시며 잠시 휴식을 취한다.

린소아인에서 에로 고개로 향하는 길에서 삼대 가족이 함께 걷는 모습을 발견한다. 젊은 아빠가 등에 아기를 지고 부모님과 함께 걷는 풍경, 따뜻하다. 실례를 무릅쓰고, "운 포토, 뽀르 파보르 꼰띠고— 함께 사진 찍고 싶어요 —!" 했다. 아기 아빠가 흔쾌히 허락한다. 미소 짓는 아빠 뒤 업힌 아기도 눈을 동그랗게 뜨고 얼굴을 쏙 내밀고는 사진 프레임 속으로 들어온다. 우리도 함께 웃었다. 따뜻한 기운이 오래 남아있다. 개울물 징검다리를 건넌다. 돌다리에 걸린 물이 하얀 물보라로 부서지며 흐른다. 물이 맑아 고기는 보이지 않고 초목이 그림자 되어 일렁이며 누워있다. 개울물에 등 붙이고 누운 나무 그림자가 살짝 부럽다.

목초지가 나온다. 말도 양도 소도 없이 노란 민들레 꽃무리만 초지를 잠식하고 있다. 목초지가 아니라 그냥 노란 민들레 꽃밭이다. 포장길에서 샛길로 들어선다. 바에 쉬는 순례자가 너무 많아 화장실만 쓰고 간다. 앞서가는 사제복 차림의 순례자. 긴 생머리를 질끈 묶어 올리고 짙은 밤색 망토 달린 사제복에 나무지팡이를 짚고는 혼자 묵묵히 걷고 있다. 훤칠한 키에 푸른 눈망울, 흩날리는 갈색 머리카락이 고독해 보인다. 왜 사제가 되었을까? 어떤 종교일까? 지금 수행 중인가? 내리막길에 예쁜 지붕의 집들이 옹기종기 모여있다. 스페인 시골집은 대체로 규모에 비해 창이 작고 대문이 견고하다. 좀 폐쇄적인 분위기랄까. 적의 잦은 침입 때문인가? 더위와 추위 때문인가? 길은 인간을 외로운 몽상가로 만든다. 잡생각이 지루함과 고통을 줄여준다.

　내리막길 다음은 어김없이 오르막길이다. 사다리처럼 세로로 길게 누운 암석이 오랜 세월 동안 갈라지고 바스라져 형성된 돌길. 목덜미에 무거운 땡볕을 걸치고 한 발 한 발 올라간다. 길섶 낙엽 사이로 연둣빛 이끼와 초록빛 어린잎이 얼굴을 쏙 들이민다. 흙길은 무경계로 계절을 맞물고 있다. 나뭇가지와 나뭇잎 사이로 스며드는 햇빛이 숲길 위에 가느다란 나무 그림자 계단을 만든다. 이런 포시러운 길은 하루 종일 걸어도 좋다.

　고목과 나무덩굴이 짙고 푸른 이끼 망토를 두르고 한몸이 되어있는 숲길 가에 퍼질러 앉는다. 등산화를 벗고 발가락이 무사한지 꼼지락거려 본다. 무겁고 어두운 신발 안에서 고생하는 발가락도 햇볕과 바람 좀 쐬어야지. 친구가 내 발가락을 보고는, "연미야, 내 건 셋째, 넷째 새끼발가락이 딱 붙어있는데 네 건 다 떨어져 있네." 한다. 주저앉아 쉬면서 별 걸 다 보고, 별일 아닌 걸 가지고도 깔깔대며 웃어제친다.

　연보라빛 솜털 단 꽃무리가 양지바른 비탈에 옹기종기 피어있다. 징하게 예쁘다. 내리막길도 역시 세로로 길게 층을 이루는 바위 돌길이다. 희한하게 생겼다. 가로로 된 퇴적암 단단한 층리가 강력한 지각 변동으로 세로로 되었나? 스틱이 돌 틈에 끼이거나 발을 헛디뎠다간 골로 가겠다. 이런 데서 까딱 잘못하면 최소한 골절상이다. 한 발 한 발 신경 써서 내려가는 길, 엄청 힘이 든다.

길가에 폐가가 제법 있다. 'SE VENDE- 팔 집 -'라 써 붙여놨다. "우리가 살까?" 하고 우스갯소리를 한다. 스페인 농촌도 우리나라와 마찬가지로 이농현상이 심각하다. 수비리가 다 되어가나 보다. 아르가강 석교에서 둘이 활짝 웃으며 오늘 하루도 무사히 걸어왔음을 자축한다. 이리 예쁜 다리 이름이 뿌엔떼 데 라 라비아- 광견병의 다리 -라니 차라리 안 부르고 싶다.

가게 앞에 나무를 깎아 만든 망아지 조각이 있다. 딱 봐도 아마추어 솜씨다. 앞발은 떨어져 나가고 없지만, 눈매가 매섭고 뒷발을 웅크리고 서있는 자세에서 힘이 느껴진다. 인상적이다. 돌아서 조금 더 가니 우리 알베르게 간판이 보인다. 다 왔다. 3시 30분경이다. 빨래부터 얼른 해서 햇볕 가득한 베란다에 걸쳐 널고 나서 씻었다. 이 순간 여기가 천국이다. 알베르게에 딸린 식당에서 저녁으로 대구 스테이크와 소스에 빵을 찍어 먹는다. 토마토 소스에 새콤달콤한 양념이 더해져 참 맛있다. 피로가 싹 날아가고 기분이 좋아진다.

오늘은 짝숫날이라 내가 이층 침대를 써야 한다. 처음으로 올라가 보는 이층 침대. 쇠계단이 덜렁거린다. 무섭다. 헉, 이층 침대에 난간이 없다. 이기 무슨 일이고! 무서워서 못 잔다고 호들갑을 떨었지만, 대안이 없다. 큰일 났다. 이리저리 구르며 자는 버릇이 있는데. 이층침대에서 떨어지면? 너무 무서워하니 옆에 있던 써니 언니가 긴 스카프를 주면서 묶고 자라 한다. 써니 언니는 70세임에도 불구하고 마인드가 젊으며 엄청 잘 걷는 강단진 언니로, 우리가 지은 애칭이다. 참, 나도 빨랫줄이 있지. 침대 프레임에 가로로 빨랫줄과 스카프를 두 줄로 묶고 나서야 안심이 된다. 밤에 화장실에 갈 법도 한데 불 꺼진 밤 이층에서 계단 딛고 내려오는 게 두려워 밤새도록 내려오지 않고 그냥 잤다. 수면제 반 알 덕인지 묶은 끈 덕인지는 몰라도 잠은 그런대로 잘 잔 것 같다.

4/16 토

도보 3일. 스페인 햇볕은 엄청 뜨겁다

아침 7시간 30분경 길을 나선다. 6시 기상해서 씻고 짐 정리하고, 식당에서 버터와 잼 바른 빵에 카페콘레체 한 잔으로 아침을 먹고 나오면 최소 1시간 이상 소요된다. 서두를 필요가 없다. 자기 페이스대로만 걸어가면 된다. 강릉에서 온 맘씨 좋은 아재는 첫날 발 빠른 파트너 따라 바삐 걷다가 다리에 무리가 와서 한 이틀 제대로 걷지 못하고 고생했다. 자신을 잘 살펴봐야 한다. 어디는 괜찮고 어디는 불편한지. 과유불급, 늘 경계해야 한다.

아르가강 석교를 지나 오른쪽 샛길로 간다. 말과 양 떼가 이슬 젖은 풀밭에서 유유자적 풀을 뜯고 있다. 저 여유로움은 울타리 안에서만 가능하다. 나만의 자유의지로 지금 길 위에 선 내가 진정한 자유인이다. 말이나 양이 들었으면, 그래 인간아! 너 잘났다 하고 콧방귀 뀌겠다. 혼자 말하기 다행이다. 8시가 좀 넘었는데도 억새풀밭 좁다란 샛길이 어둑하다. 강을 따라 길이 이어진다. 둔덕을 내려가는 길이 참 독특하다. 양쪽 가에 석판을 깔아두고 가운데는 나무 테두리를 두른 나무 계단길이다. 가볍게 겅중거리며 내려간다. 순례자를 배려한 고운 길에 감사한다. 아르가강 물빛은 하늘빛과 똑같이 새파랗다.

일라라츠 마을 3층 저택이 눈에 띈다. 대문은 아치형으로 대리석 테두리를 둘렀는데 모양이 제각각인 게 멋스럽다. 2, 3층 작은 창에도 대리석 조각을 댔다. 하얀 벽면에 마차 바퀴를 걸어서 장식하는 센스. 가장자리 외벽도 직사각형 돌로 장식하여 전체적으로 조화를 이루어 깔끔하고 우아하다. 찻길을 따라 쭉 내려간다. 쨍한 햇볕에 달구어진 아스팔트 위로 길게 드리워진 그림자 둘. 힘들지만 외롭지 않다. 저 그림자 속으로 들어가면 좀 시원할까? 멀리 산기슭에 붉은 지붕의 하얀 외벽 집들이 소복하게 들어앉아 있다. 함께여서 아름답다.

라라소아나로 들어가는 다리를 지난다. 강물이 계곡을 따라 세차게 흐른다. 키 큰 나무 하나가 강물 위에 쓰러져 가로로 걸쳐있다. 저걸 붙들고 가면 강 저편으로 쉽게 건너가겠지. 인공 여울이 만든 낙차로 강물이 작은 폭포처럼 하얀 물보라를 일으키며 떨어져 내린다. 발 담그고 쉬고 싶다. 마음뿐. 발이 그냥 간다. 강변 세로(細路)는 음이온으로 서늘하다. 수리아인 다리를 건너 바에서 휴식을 취한다. 바 마당에 세워둔 철제 깡마른 순례자 조각상. 얼마나 더 내려놓고 버려야 저런 형상이 될까?

스페인 햇볕은 엄청 뜨겁다. 챙겨온 아이 패치를 꺼내 뺨에 붙인다. 모자에 두건까지 덮어쓴 우리를 팀원이 놀려댄다. "어이, 거기 언니, 스페인 농장에 감자 캐러 왔수?" "네에, 일당 십만 원 받고 한국서 알바 뛰러 왔어요.

돈 벌어 스페인에 눌어붙어 살 건데요." 배를 잡고 웃는다. 아웃도어형 취미인 트레킹을 길게 하려면 피부 보호에 각별히 신경을 써야 한다. 안 그러면 얼굴이 기미, 주근깨, 검버섯 밭이 된다. 심하면 가벼운 화상을 입기도 한다. 즐거운 놀이 결과가 스트레스로 남는 것은 바람직하지 않다. 엄마를 닮아서 나는 태생부터 피부가 얇다. 피부가 약해서 잘 찢어지고 멍도 잘 들며, 상처가 나도 오래 간다. 알아서 관리하는 수밖에 없다, 남들이 뭐라 해도.

높이를 더해가던 잔돌길 끝에 빛바랜 나무 계단길이 나온다. 무념무상. 잔인한 땡볕은 말도 웃음도 표정도 다 말려버린다. 면에서 선으로 변하는 언덕길, 하늘만 얄미울 정도로 새파랗다. 침묵 속에 그저 발걸음만 옮길 뿐. 친구가 지쳤는지 고개를 숙이고 힘겹게 걸어온다. 그늘에 앉아 사과와 귤을 먹으면서 에너지를 충전한다. 스페인 과일은 다 달고 맛있다. 우리를 괴롭히는 햇볕이 과일을 이리 달게 만드는구나. 아이러니다. 그다지 험한 길이 아닌데도 힘이 많이 든다. 고샅길이 참 길게도 이어진다. 밀밭의 밀은 햇볕에 좋아라 하며 제 몸을 온전히 맡긴다. 머리는 햇볕에 익어 몽롱하다. 긴 지하터널을 통과한다. 잠시 시원해서 좋다. 터널 끝의 네모 빛이 야속하기만 하다. 산기슭을 따라가니 강을 가로지르는 제법 크고 오래된 중세 다리가 나온다. 석교의 돌이 거무튀튀한 이끼와 덩굴 잎을 잔뜩 뒤집어쓴 걸 보니 세월의 두께가 느껴진다. 고풍스러운 아름다움을 간직한 다리다. 16㎞를 걸었다.

팜플로나 초입인 트리니다드 데 아레 수도원이 있는 비야바 시가지에 들어선다. 바에서 점심으로 시원한 까냐— 잔 맥주 와 또띠야— 으깬 감자와 계란으로 만든 오믈렛 —를 먹는다. 까냐는 술이 아니라 갈증을 채워주는 청량음료다. 사실 나는 우리나라에서 맥주는 입에 대지도 않았다. 배가 차서다. 여름에도 찬 아이스크림이나 아이스 아메리카노 대신 따뜻한 국이나 따뜻한 커피를 찾는다. 냉장고에서 바로 나온 수박도 좋아하지 않았다. 밥순이라 빵보다 밥을 더 좋아했다. 감자는 싫어해서 반찬 재료로 잘 쓰지 않았다. 그랬던 그녀가 산티아고 순례길에서 변해간다. 까냐의 시원한 맛과 마른 빵의 담백한 맛과 감자 섞인 또띠야 맛에 발을 들여놓기 시작했다. 맛도 맛이지만 잘 먹어야 걸을 수 있으니까 스페인 현지식에 바로 적응한 거다.

목적지가 다 되어간다 싶으면 마음이 급해진다. 저기가? 저기만 돌아가면 되나? 헛된 기대는 언제나 사람을 잡는다. 시가지 보도블록길이 좀체 줄어들지 않는다. 다리에 젖산만 쌓이고 발바닥은 탄내가 난다. 목적지 코앞은 언제나 마의 구간이다. 길고 긴 도시 성벽 길을 따라 걷는다. 그나마 높은 성벽이 드리운 그늘이 있어서 좀 낫다. 팜플로나 구시가지를 지나 직진하니 오거리가 나온다. 한참을 더 가니 오래된 다리가 나타난다. 다리 넘어 팜플로나 대성당이 보인다. 이 다리는 나를 천국으로 데려다주는 천사의 날개다. 다리 이름을 천사의 날개라 불러야지.

거대하며 육중한 팜플로나 성채. 짙은 돌옷과 푸른 이끼와 풀꽃조차 견고한 석성에 장엄미를 더한다. 해자를 메운, 넓고 푸른 잔디밭 사잇길을 따라가면서 한없이 작아진다. 한 마리 개미가 되어 기어간다. 대성당과 성채의 위용에 머리를 떨군다. 길가 잔디밭에 예쁘게 핀 노란 민들레 꽃무리조차도 성채 보고 놀란 가슴을 달래지 못한다. 알베르게로 올라가는 길 양쪽, 사선으로 뻗은 거대한 회백색 석성과 석담에 사로잡혀 공손하다 못해 복종 자세로 걷는다. 주눅이 들어도 지금은 황홀한 성채를 마음껏 추앙하고 싶다. 나는 졌다, 장엄한 팜플로나 성채 앞에서.

성채로 들어가는 입구에서 둘이 웃으며 사진을 찍는다. 피곤에 절어 미소 짓기가 힘들지만 기쁜 마음으로 입꼬리를 올려본다. 골목길은 부활절 축제 기간이라 사람들로 북새통이다. 길 찾기가 어렵다. 친구가 구글 앱을 검색하며 열심히 알베르게를 찾고 있다. 어깨를 부딪쳐가며 사람들 사이를 비집고 나아간다. 정신이 하나도 없다. 남녀노소 할 것 없이 양껏 차려입고 골목골목을 메우면서 축제를 즐기고 있다. 삼삼오오 모여 앉아서 맥주를 마시며 이야기꽃을 피우기도 하고, 몸을 흔들면서 흥겨운 분위기에 들떠있다. 부활절 축제 분위기를 온몸으로 느끼면서 따라 흥겨워진다. 사람들 틈을 비집고 공영 알베르게를 찾아간다. 저기다. 골목길가에 우리 알베르게가 있다.

3시경이다. 공영 알베르게라 도착하는 대로 줄 서서 기다린다. 여권과 끄레덴시알을 보여주고 우리 둘이 한 팀임을 어필한다. 버벅거리며, "에야 이스 미 아미가– 쟤는 내 친구예요 –." 손짓 눈짓까지 동원해서 한 침대로 배정 해 달라고 간절한 마음을 전했다. 제대로 먹혔으려나? 유로를 지불하고는 침 대와 베개 커버를 받고 신발장에 등산화를 벗어 넣는 순간, 오늘 하루 걷기 가 끝났음을 실감한다. 침대를 배정받고 보니 친구랑 용케 같은 침대 아래위 층이다. 아, 통했네. 감사하다. 카고 백에 공유하는 짐이 제법 있어서 떨어져 있으면 좀 불편하다. 엄청 큰 공영 알베르게다. 수백 명의 다국적 순례자가 국적 불문, 남녀 불문하고 침대를 배정받는다. 복도에 개도 어슬렁거린다. 주 인과 같이 순례하는 개다. 놀라운 광경이다.

오늘은 아래층이다. 알베르게가 전체적으로 약간 어둑하지만 층고가 아주 높아 답답하지 않다. 기다란 복도 맞은편 벽에는 배낭과 스틱을 거는 고리가 있다. 짐을 놓을 수 있는 낮은 선반도 있어서 짐 정리가 수월하다. 시설이 잘 되어 있어 기분이 좋다. 샤워하고 빨래한 걸 뒤뜰에 가서 얼른 넌다. 침대에 걸터앉아 몸을 살펴보니 왼팔에 시퍼런 멍이 들어있고, 오른쪽 무릎도 피멍이 들어있다. 어디서 그랬지? 아마도 간밤 수비리 알베르게에서 이층 계단을 오르내리다가 생긴 멍인 듯하다. 겔파스를 정성껏 바르며 멍든 팔과 다리에 사과를 한다.

삼 층에 있는 주방 시설이 훌륭하다. 인덕션에 온갖 집기와 그릇이 갖추어 져 있고, 테이블과 의자가 놓인 공간도 제법 넓다. 누룽지를 끓여서 친구가 만들어온 멸치볶음과 볶은 고추장과 함께 맛있게 먹는다. 점심때 남은 버터와 잼과 빵도 함께 곁들인다. 세상 어느 것도 부럽지 않다. 어떤 외국인 남자, 구수한 누룽지탕 냄새에 끌려 코 쪽으로 손부채질을 해대며 기웃거린다. 그래, 한 번 맛보셔. 한 컵 떠 준다. 옆에 서있는 여친에게도 한 컵 건넨다. 자전거로 순례 중인 프랑스 연인이 누룽지 맛에 반해 우리 곁에 앉아 누룽지 탕을 맛보면서 웃는다. 불어, 영어, 스페인어, 한국어 단어 몇 개만 어버버해도 맛있고 고맙다, 천만에 우리도 기쁘다는 마음을 전할 수 있다. K-푸드과 K-줌마의 애정으로 일궈낸 소통의 장이다.

저녁도 먹었겠다. 장도 보고 거리 구경도 할 겸 홀가분하게 알베르게 복장 그대로 나간다. 슬리퍼에 구겨진 원피스에 늘어진 가디건을 걸치고서. 골목을 여유롭게 어슬렁어슬렁 걸어간다. 길고 힘든 순례길을 마친 뒤 자유롭게 거리를 산책하는 맛이란 참! 공터 마당, 하늘로 곧게 뻗어 오른 사이프러스 나무 자태, 매혹적이다. 사람들 행렬에 이끌려 자꾸만 자꾸만 광장으로 향한다.

카스티요 광장. 정자 모양의 중앙 무대를 중심으로 엄청 넓게 펼쳐진 광장이 인파로 가득하다. 록 가수의 열띤 공연장 앞에 많은 사람이 몰려있다. 맥주병을 들고 있거나 서서 흥겹게 춤을 추면서 환호하는 축제 마당에 우리도 섞인다. 록 가수의 열창, 사람들의 떼창과 떼춤과 환호성, 열광의 도가니다. 함께 뛰면서 막춤을 춘다. 조르바가 해변에서 추던, 멋진 춤은 아니지만 자유를 갈망하는 열정이 담긴 춤이란 점에서 나도 광장 사람들도 그 순간 다 조르바가 된다. 광장 사람들의 화려한 축제 의상과 달리 우린 모양이 좀 빠진다. 그러나 아무도 신경 쓰지 않고 축제를 즐기고 있을 뿐이다. 신경 끄자. 신바람 막춤으로 축제의 열기에 점점 빠져든다.

팀원을 만났다. 헤밍웨이가 즐겨 찾았던 이루나 카페를 찾고 있는 중이란다. 얼떨결에 우리도 같이 카페를 찾아 나선다. 광장 한쪽 엄청 큰 카페와 레스토랑 야외천막에 이루나라고 쓰여있다. 찾았다, 이루나 카페. 바깥 테이블은 따빠스— 간편 술안주 —에 까냐나 와인을 마시는 사람들로 북적인다. 레스토랑 안으로 들어가, 구석진 곳에서 바 형태의 헤밍웨이 기념관을 찾아냈다. 유레카! 헤밍웨이처럼 바에 걸터앉아 보기도 하고, 한쪽에 세워둔 헤밍웨이 동상을 그윽한 눈길로 바라보기도 한다. 까치발로 발돋움해서 다정하게 눈을 맞추며 한 컷 한다. 포즈는 괜찮은데, 에고, 슬리퍼에 구겨진 원피스 땜에 망했다. 그래도 이루나에서 소설계의 거장 헤밍웨이의 발자취를 엿볼 수 있어서 좋았다.

행복한 피로감에 젖어서 숙소로 돌아간다. 아참, 우리 장 보러 나왔지. 마트에 들러 얼른 과일 장을 보고 돌아온다. 오늘 순례길 걷기는 20.5㎞인데 광장 나들이로 4.5㎞가 보태져 총 25㎞를 걸었다. 스페인은 해가 엄청 늦게 진다. 9시가 다 되어야 어둑해지니까. 어김없이 10시에 소등이다. 여기저기서 코 고는 소리가 긴 복도와 높은 층고에 공명 되어 울려 퍼진다. 긴 잠은 아니어도 토막잠이라도 달게 잤다.

4/17 일

도보 4일. 바람이란 바람은 다

팜플로나에서 푸엔테 라 레이나까지 25km

　일일 일똥하던 내가 산티아고 순례길 초반, 일주일가량 볼일을 못 봤다. 지독한 변비다, 나 참! 계속 먹은 항생제와 소염제로 몸의 밸런스가 깨졌나 보다. 화장실에서 용을 썼으나 염소 똥 한 알 정도만 똑 떨어진다. 몸이 무겁다. 친구는 가볍게 볼일을 봤다 한다. 변비약을 사 먹든지 무슨 수를 내야겠다.

　7시 40분경, 팜플로나 관공서 앞 광장에서 둘이 엄청 진지한 표정으로 한 컷 한다. 오늘도 잘 걸어내려는 다짐을 하면서. 날씨가 흐린 건지 아침 하늘이 푸르뎅뎅하다. 타고네라공원, 시우다델라공원을 통과한다. 이른 아침의 공원 산책로에 일렬로 서있는 나무들이 밤이슬로 서늘해진 피톤치드를 엄청 쏟아놓는다. 음이온 가득한 산소를 들이마시며 힘차게 발을 내디딘다. 이끼 망토를 걸친 석조 조형물이 공원에 고풍미를 더한다. 나바라대학 캠퍼스를 곁에 두고 도로를 건너간다. 거대한 히말라야시타 가지가 제 무게를 이기지 못하고 축 처져있어서 꽃밭의 빨간 튤립 꽃송이들이 치일 것 같다. 길이 서너 갈래로 갈라진다. 좌우를 살피면서 손을 잡고 건넌다. 외곽 찻길은 특히 조심해야 한다. 차가 속도를 내니까.

사다르강 다리와 철길을 건너 흙길을 따라간다. 지평선 아래는 온통 샛노란 유채꽃밭이고, 위는 구름 낀 잿빛 하늘이다. 낮게 깔린 구름 탓에 짙은 유채향이 들판에 가득 고여있다. 정신이 아뜩하다. 이대로 깨고 싶지 않다. 초록 바다인 밀밭 사잇길로 선선히 걸어간다. 길멍에 빠져든다. 아니, 이건 행선(行禪)으로 걷기 명상이다. 복잡한 마음이 걸음 수만큼 조금씩 단순해진다. 내 몸 하나 데불고 가기도 버거운데 번뇌 보따리는 뭣 때문에 지고 가겠나! 육신은 사라지고 영혼만 남아 지금 길 위에 있다.

드넓은 유채꽃 밭두렁에 둘이 기대어 앉았다. 지쳐도 행복함으로 충만된다. 이 기막힌 봄, 유채꽃과 밀밭 풍경을 잊을 수 있을까! 둘은 황홀경을 함께 바라보고 있는 것만으로도 끈끈한 유대감에 하나가 된다. 경작지 사이로 난 오르막 흙길을 따라 오른다. 오르막길이 가팔라 고개를 숙이고 걷다가 올려다보니, 저어기 산등성이에 십수 기의 하얀 풍력발전기가 환영의 깃발을 힘차게 흔들고 서있다. 강풍에 거대한 프로펠러가 우웅 우우웅 무서운 소리를 내며 돌아간다. 풍력발전기를 여기 설치한 데는 다 이유가 있구나.

11시 반경. 허기가 져서 페르돈봉 바로 아래 벤치에 앉아 차가운 빵으로 허겁지겁 점심을 먹는다. 산등성이는 바람이 더 거셀 것 같아서. 보온병에 담아온 커피를 컵에 따르는 순간 바로 식어버린다. 패딩에 방풍 재킷까지 꺼내 입어도 떨린다. 얼른 먹고 일어선다. 허기 달래려다 얼어 죽겠다. 멈추면 바로 체온이 내려간다.

고도 790m의 페르돈봉이다. 페르돈봉은 용서의 언덕이란 뜻이다. 뭘 용서하라는 걸까? 힘들게 올라온 데다 바람이란 바람은 다 처맞다 보니 눈물이 찔끔 난다. 이참에 내 몸한테 진심으로 용서를 구해야 할 것 같다. 미안하다. 과도한 열정으로 너를 혹사해서. 더해서 나로 인해 힘들었을 이에게도 용서를 구해본다. 왜 눈물이 났는지 잘 모르겠다. 비바람에 녹슨, 철제 중세순례자 군상. 산티아고 순례길 명소로 빠짐없이 보여주던 것 중 하나다. 페르돈봉 산등성이에 중세의 순례자들이 여전히 녹이 슨 채 외로운 순례길을 걷고 있다. 신분이 높은 자는 말을 타고 있고 신분이 낮은 자는 봇짐에 지팡이를 짚고 저만치 떨어져 걸어가고 있다. ‘Donde se cruza el camino del viento con el de las estrellas— 별이 지나가는 자리에 바람이 지나가는 곳 —'이 라는 문구가 눈에 띈다. 그들이 어두운 밤 별빛 아래 찬바람을 맞으며 여기를 넘어갔나 보다. 동병상련. 그 곁에 서서 코를 훌쩍이며 한 컷 한다.

급경사 내리막길이 기다리고 있다. 스틱을 길게 빼고 하산 준비를 한다. 거 친 자갈돌 내리막길이다. 균형을 잃지 않게 보폭을 줄이며 천천히 내려간다. 새파란 하늘과 흰 구름, 끝없는 평원에 펼쳐진 노란 유채꽃밭과 봄바람에 은 초록 잔물결로 일렁이는 밀밭. 그 속에 한 점인 나와 너. 도대체 어쩌란 말이 냐, 이 비경을! 너무 아름다워서 코끝이 찡하다. 이보다 더 행복할 순 없다. 해마 속에 새겨져 오래도록 기억하게 될 것이다.

포도밭 사잇길을 따라 우테르가 마을로 들어간다. 길가 작은 성모상이 헌 화한 꽃 때문에 외롭지 않다. 그늘에 앉아 양말을 벗는다. 벌건 발가락이 안 쓰러우면서도 고맙다. 근처 바에서 차와 빵을 먹으며 잠시 쉰다. 흙길을 따라 내려가다 지하도를 지난다. 벌겋게 달구어진 햇살을 등에 잔뜩 지고서 가파른 시멘트 오르막길을 간다. 지친다. 오바노스마을에 들어선다. 시에스타 때문인 지 산후안 성당은 잠겨있고, 광장은 텅 비어있다. 버려진 영화 세트장 같다.

근처 아르가 강가에 초록 아이비로 뒤덮인 멋진 알베르게가 있다. 바에서 오렌지 주스를 마시며 잠시 숨을 고른다. 거의 다 온 것 같다. 푸엔테 라 레이나 초입이다. 고도 790m의 페르돈 봉에서 고도 340m의 푸엔테 라 레이나까지 내려왔다. 산티아고 성당과 새의 성모 마리아상이 있는 산 페드로 아포스톨 성당 문은 닫혀있다. 낡은 종탑 위에 웃자란 잡초와 짙게 낀 이끼와 커다란 새 둥지만 터를 잡고 있다. 골목길을 따라 단정하게 늘어서 있는 3, 4층 주택들이 인상적이다. 골목길은 일정한 크기의 반듯한 대리석으로 되어 있고, 군데군데 돌 문양을 새겨놨다. 중간은 물 빠짐이 좋게 경사지게 해놓고, 군데군데 산티아고 길 표식인 조개 모양 동판을 길바닥에 박아두었다. 골목길 자체가 예술작품이다.

저어기 푸른 아르가강에 푸엔테 라 레이나 다리가 우아하게 걸려있다. 거친 강을 건너는 순례자의 안전을 위해 산초 3세 부인이 기증한, 로마네스크 양식의 아름다운 다리에서 그 이름이 유래됐다 한다. 여왕의 마음이 느껴져서인지 다리가 훨씬 더 아름다워 보인다. 가히 여왕의 다리라 부를 만하다. 아치형 다리 사이에 구멍을 내어놓은 게 이색적이다. 전체적으로는 직사각형 형태인데 윗부분만 아치 모양이다. 바람구멍인가 보다. 강물에 비친 다리는 거인이 우리를 환영하기 위해 두 팔을 양껏 벌리고 서있는 모양새다. 우리 알베르게가 강변에 있다. 3층 주택으로 된 알베르게. 이층에 빨래도 널고 일광욕도 할 수 있는 널찍한 베란다가 있어서 참 좋다. 일찍 도착한 이들, 여유롭게 우리를 보며 "수고했어요." 한다. 씻고 머리도 말리고 빨래도 다 한 상태다. 심지어 간이침대 의자에 누워 일광욕을 하면서 책을 읽으며 여유를 부리는 이도 있다. 약 올리려는 거야 뭐야? 사실 약이 별로 오르지 않는다. 그저 도착해서 기쁠 뿐이다.

길 위에서 다양한 사람을 만난다. 목적지에서 많은 휴식시간을 확보하려고 빨리 걷는 사람, 순례길을 걸어내는 것 자체가 목적인 사람, 먼저 도착한 성취감을 맛보고자 하는 사람, 고독을 즐기며 혼자 걷는 사람, 독실한 신심으로 성당마다 들러 기도하며 기뻐하는 사람, 호기심에 아무런 준비도 없이 무모하게 길을 나선 사람, 길이 좋아 길에 홀려서 온 사람, 자신을 돌아볼 시간을 갖기 위해 걷는 사람, 오직 다이어트를 목표로 걷는 사람, 복잡한 현실을 벗어나고 싶어 걷는 사람, 너무 아파 울 자리를 찾아 나선 사람, 버거운 삶의 무게를 내려놓고자 걷는 사람 등. 나는 어떤 사람이지? 언제나 꼴찌인 우리는 고를 게 별로 없어 마음이 편하다. 그래도 씻을 수 있고 빨래도 비집고 널면 된다. 스페인은 해가 기니까 문제가 없다. 오늘 하루도 무사히 걸었다. 그러면 된 거다. 저녁 무렵인데도 베란다 햇살이 뜨겁다. 아르가강이 내려다보인다. 한가롭고 평화로운 저녁 강가 풍경이다.

4/18 월

도보 5일. 나는 청실, 너는 홍실

푸엔테 라 레이나에서 에스테야까지 22km

일찍 깼다. 침낭에 누운 채로 자(自)가 붙은 단어로 단상에 빠진다. 자신감은 자기를 믿는 마음이고, 자립심은 스스로의 힘으로 일어서려는 마음이고, 자존감은 자신을 귀하게 여기는 마음이지. 산티아고 순례길에서는 스스로 자(自)여야 해. 눈을 감고 누워서 아침기도를 간단히 하고 일어난다. 간밤 비가 예고되어서 걱정됐으나 순례길에서 처음 맞는 봄비라 설레기도 한다.

아침 빗방울이 듣고 있다. 판초를 걸치고 스패츠를 장착한다. 레인 스커트는 배낭에 넣고 8시경에 길을 나선다. 푸엔테 라 레이나 다리 곁을 지난다. 여왕이 하사한 다리라 붙여진 이름이지만, 지금은 내가 지나가는 다리라서 여왕의 다리인 거다. 화려한 여왕의 드레스 대신 비에 젖은 판초를 걸치긴 했지만. 속엣말이니 뭐라 할 이가 없어 좋다. 사진을 남긴다.

오르막 흙길이 시작된다. 빗물에 여기저기 움푹 파여있다. 스틱을 짚고 말없이 오른다. 유채꽃들 봄비 맞고 더 노랗다. 나는 파란 판초, 친구는 주황 판초다. 청실홍실로 엮인 것 같다며 깔깔댄다. 그때부터 나는 청실이, 친구는 홍실이가 된다. 이왕이면 뜻도 멋지게 청실이는 푸르게 실한 이, 홍실이는 붉게 실한 이인 걸로 한다.

비탈길에 군데군데 가시 달린 노란 낙타풀꽃이 무리 지어 피어있다. 만지면 따갑지만, 꽃은 예쁘다. 사막의 낙타가 뜯고 먹고 사는 풀꽃이 멀리도 날아와 뿌릴 내렸네! 지평선에 맞물린 하늘이 조금 개니 비가 살짝 그친다. 마네루로 가는 급경사 오르막 황톳길이 나온다. 길 끝이 구름 낀 하늘에 맞닿아 있다. 길이 몹시 질척거리고 고르지 않다. 가운데가 도랑처럼 패여 있고 잡초가 무성하다. 심호흡을 하면서 땅을 보며 천천히 걷는다. 고갯마루에서 멈추어 선다. 저 아래 모롱이에서 주황 점이 보인다. 친구다. 오르막길을 힘들어하는 친구가 묵묵히 한 발 한 발 걸어 올라온다.

등성이 평평한 고샅길에 순례자들이 숨을 고르며 앉아 쉬고 있다. 비에 젖은 판초와 등산화가 한 짐이다. 쉬지 않고 그냥 천천히 걸어간다. 밀밭길이다. 밀밭과 돌담과 구름 낀 하늘이 한 점으로 모이는 길 끝을 향해 청홍 두 점이 잔걸음으로 점선을 찍으며 간다. 마네루 마을이다. 어느 마을이든 제일 먼저 눈에 띄는 것이 성당의 종탑이다. 높은 성당을 중심으로 광장이 자리 잡고 주변에 집들이 모여서 작고 아담한 마을을 이룬다. 성당 옆의 공동묘지. 죽어서도 하느님 곁에 머물고픈, 인간의 간절한 소망이 깃든 곳이다.

포도밭과 올리브 경작지 사이로 난 길이 구불구불 기어가는 한 마리 뱀 같다. 포도밭의, T자형으로 늘어선 포도 고목 가지 끝에 달린 어린 연두 잎이 참 곱다. 오랜 세월의 흔적이 울퉁불퉁한 목피와 부정형의 나뭇가지에 고스란히 나타나 있는 올리브나무 숲. 연록의 나뭇잎과 연청의 하늘빛이 뒤섞여 숲을 그러데이션 된 보랏빛 기운으로 가득 채운다. 올리브 나무 그늘 아래 목신과 님프들이 잠들어 있겠다. 생경하면서도 신비로운 분위기의 올리브 숲이다. 생뚱맞게 아기 사과나무 한 그루가 하얀 꽃송이를 잔뜩 달고 올리브 숲 가에 떡하니 서있다. 뜬금없지만 예쁘다.

시라우키 마을 집들이 구릉에 소보록 들어앉아 있다. 비가 또 부슬거린다. 뒤로 제쳐둔 판초를 도로 걸친다. 마을을 통과하는 골목에 아치문이 있다. 판초 안에서 팔을 벌린 채 한 컷 한다. 피로에 절어서 미소 짓기가 어렵다. 골목길도 경사로다, 휴! 건물을 가로질러 지나간다. 산등성이로 오르는 길이 나온다. 길이 참 예쁘다. 납작한 돌판을 깔고 테두리를 깔끔하게 두른 길이다.

길가 단정한 사이프러스나무들이 우릴 맞이한다. 내리막길에는 반듯하고 나지막한 나무계단이 설치되어 발걸음을 가볍게 한다. 환대받는 기분이 든다. 순례길 중 손에 꼽히는 친절하고 예쁜 산길로 기억될 것 같다.

찻길 위 육교를 지나간다. 경사면에 노란 낙타풀꽃이 군락을 이루며 샛노랗게 피어있어서 덜 삭막해 보인다. 알록달록한 색깔과 현란한 무늬의 그라피티로 가득 찬 지하터널에서 잠시 쉰다. 빗발이 세져서 판초와 스패츠에 레인 스커트까지 걸치다 보니 거추장스럽기 짝이 없다. 게다가 화살 표시를 잘못 봐서 언덕 위로 걸어가다가 되돌아 왔다. 맥이 좀 빠졌으나 얼마 안 가다가 돌아와서 다행이라 마음을 고쳐먹는다.

돌에 회칠을 한 기다란 터널이 나온다. 아름답다. 길이 아름다우면 감탄하느라 고통도 잠시 잊는다. 제법 길어서 터널 저편 입구가 밝은 등댓불처럼 보인다. 흙길 오르막길을 비몽사몽 걷다 보니 어느덧 로르카 마을이다. 12시 30분경, 한인이 운영하는 맛집인 호세의 집에서 점심을 먹는다. 사람들로 꽉 차있다. 엔살라다와 또띠야가 기차게 맛있다. 엔살라다는 참치와 삶은 계란에 곱게 채 썬 당근과 양파, 양상추를 듬뿍 넣어 정말 맛있고, 또띠야도 참 부드럽고 고소하다. 게다가 카페콘레체까지도 맛나다. 고생해서 걸어와 줄서 기다린 보람이 있다. 제대로 된 한 끼의 식사는 힘든 기억을 순식간에 날려버린다. 힘을 내서 남은 길을 나선다.

비는 다시 그쳤지만, 하늘은 저녁 굵은 시엄씨상이다. 걷기에는 딱 좋은 날씨. 포도밭길을 지나고 유채꽃밭과 밀밭길을 따라 걸어 내려간다. 이번 봄 산티아고 순례길에서 가장 강렬하면서도 오래 남을 장면은 단연코 노랑 유채꽃과 초록 밀의 색채 향연이다. 점심 한 끼를 잘 먹어선지 내리막길이라선지 발걸음이 가볍다. 어쩌면 풍경이 아름다워서일 수도 있고, 목적지가 얼마 안 남았다는 기대감에서일 수도 있다.

황갈색 돌에 회칠을 한 터널을 지나면서도 기뻤다, 다 되어간다는 마음에. 그런데 눈앞에 빤히 보이는 마을이 좀처럼 다가오지 않는다. 왜 이리 길지! 마을 초입에 버려진 풍차 하나가 잿빛 하늘 아래 외로이 서서 나를 위로한다. 이란수강 다리를 건넛마을로 들어선다. 요새 같은 산 미구겔 성당은 문이 굳게 닫혀있고, 텅 빈 마당에 미구겔 동상만 나를 내려다보며 잘 왔다 고 생각했다며 무언의 위로와 격려를 한다. 왜 자꾸 여기가 에스테야 같지? 아직 한 시간이나 더 걸어야 하는데. 길가 잡초에 뒤섞여 핀 빨간 양귀비꽃과 노란 유채꽃의 위로로 마음을 추스르며 다시 걷는다. 드디어 에가강을 지나 에스테야에 들어선다. 강가 숲이 우거진 나무다리 위에서 도착 기념사진을 찍는다. 제대로 웃어지지가 않는다. 우리 알베르게까지 왔다. 살았다. 3시가 넘었다.

오늘은 우리 팀만 알베르게를 쓴다 한다. 웬 횡재? 특식이 있다면서 식당으로 빨리 오라 한다. 진흙 잔뜩 묻은 등산화만 겨우 벗고 다리를 절뚝이며 식당으로 내려간다. 세상에나, 진수성찬이 차려져 있다. 대장⁴이 오늘 우중 걷기로 지쳐있는 우리를 위해 마련한 음식이란다. 감동의 도가니다. 입이 다 물어지지 않는다. 하얀 쌀밥에 빨간 고추장 돼지고기 두루치기에 노릇노릇하게 부친 야채전에 갓 담은 양배추김치까지, 캬아! 너무 맛있어서 허겁지겁 먹어치운다. 후식으로 과일 띄운 와인 음료인 샹그릴라와 상큼한 멜론까지. 정성 가득하고 완벽한 성찬. 일주일 동안의 누적된 피로가 한 방에 날아간다. 일찍 도착한 팀원도 함께 거들었다 한다. 정말 고맙고 참 행복하다. 순례자의 지친 마음을 잘 알아주는 대장의 진심이 고스란히 느껴져 더 감사하다. 설거지라도 하려 하니 언니 대접하느라 안 된단다. 인정이 넘치는 팀원이다. 식당 통창 너머로 강물이 시원하게 흐르고 있는 풍경마저도 고맙다.

팀원 일부는 저녁에 인근 성당이나 박물관, 심지어 몇킬로 더 가야 있는 대형마트까지 가겠다는데, 둘은 그냥 숙소에 머무르기로 한다. 쉬고 싶었다. 아니 쉬어야 한다. 에가강 곁 3층으로 된 알베르게가 너무 깔끔하고 편안하다. 침대와 베개 커버도 면이라 감동이다. 이층 침대 곁에는 작은 오목 선반이 있고 앙증맞은 스탠드에다 폰을 충전할 수 있는 콘센트도 마련되어 있다. 게다가 포근한 담요까지. 참으로 훌륭하다. 알베르게 중 최고일 것 같다.

---

4 여행사 부장의 애칭으로, 그는 팀원을 세심히 배려하는 품이 넓은 베테랑 트레킹 전문가다.

시원한 강물 소리가 알베르게를 휘감고 돌아 심신이 다 맑아진다. 창문 아래로 흐르는 강물은 부채 모양의 인공 여울로 인해 세찬 물보라를 일으키며 우렁차게 흐른다. 박재삼의 「울음이 타는 가을 강」에 나오는 친구의 서러운 사랑 이야기 대신에, 봄 스페인 에스테야 강가 알베르게 침대에서 우리의 순수하고 아름다웠던 첫사랑 이야기가 밤이 깊도록 강물 소리와 함께 흐른다. 코 고는 소리도 강물 소리에 희석되어 버리는 참으로 안락한 밤이다. 모처럼 깊은 잠에 빠져들었다.

4/19 화

도보 6일. 이보다 더 맛있는 와인이

에스테야에서 로스 아르코스까지 21.5㎞

오늘도 비가 예고된다. 멋진 숙소에 더 머물 수 없는 아쉬움을 달래며 식당으로 내려간다. 노신사인 주인이 깔끔하게 차려입고 정중한 자세로 순례객의 아침 식사를 돕는다. 누구나 귀한 대접을 받으면 절로 귀하게 되고, 푸대접을 받으면 자존감이 낮아지게 마련이다. 풍성하고 맛있는 조식보다 주인장의 매너에 훨씬 더 감동을 받는다. 감사한 마음을 전하고파, "궤 심빠띠꼬 위 아마블레! 무차스 그라시아스— 당신은 정말 상냥하고 친절하세요. 많이 고마워요 —!" 아는 단어 몇 개를 조합해 더듬거리며 말한다. 이거 뭐 진심을 제대로 전했나 싶어 가이드에게 물어보니, 잘했다고 적절하게 표현했다고 한다. 감사의 마음을 전할 수 있어서 기뻤다. 그도 "네나다. 무차스 그라시아스— 천만에요. 감사합니다 —." 하면서 환한 미소를 짓는다. 노신사의 진심 어린 배웅을 받으며 기껍게 숙소를 떠난다.

근처 건축물 하나가 참으로 독특하다. 입구가 아치형인데 아치가 점점 작아지면서 겹겹이 포개진 형태로 중심을 향해있다. 성인 조각상이 문 양쪽에 있으며, 아치 위쪽에는 성인 조각 군상이 빼곡히 들어차 있다. 이층 벽 긴 감실에는 열두 명의 성자가 각각 따로 모셔져 있다. 외경심에 한참을 우러러보다가 지나간다. 성벽에 에워싸인 마을 골목길을 벗어나니 제법 높은 곳에 산 페트로 성당이 있다. 우아한 곡선의 넓고 긴 돌계단 위에 성당이 우뚝 솟아있다. 우두커니 서서 바라만 보다가 그냥 간다. 독실한 천주교 신자로 우애가 깊은 자매님은 느꺼운 마음으로 성당에 들러 신심 가득한 기도를 올렸으리라.

광장 곁에 박물관이 있다. 비에 젖은 골목길 중간에 있는, 이끼와 잡초가 잔뜩 낀 낡은 성문을 통과한다. 아예기 마을 초입에 순례길 100㎞를 알리는 입간판이 서있다. 우리가 벌써 800㎞ 중 8분의 1인 100㎞를 걸어왔다니! 놀랍다. 비를 맞고도 활짝 웃으면서 한 컷 한다. 길가 대장간에 수제 철 공예품을 전시하고 있다. 온갖 공예품이 순례자를 한껏 유혹한다. 다들 구경 삼매경이다.

혹해서 장인이 직접 만들었다는 조그만 조개 목걸이를 5개나 값도 깎지 않고 샀다. 왜 그랬을까? 선물하고픈 마음보다 외눈에 깡마른 장인 아저씨에게 자기 작품에 대한 자부심을 느끼게 하고픈 마음이 앞서서였을까? 모르겠다. 함께 웃으면서 기념사진도 찍었다. 그런데 지금까지도 미스터리한 일은 그 목걸이들이 통째로 사라졌다는 거다. 재킷 바깥 주머니에도, 안주머니에도, 배낭 포켓 어디에도 없다. 숙소에 가서도 찾고 한국에 돌아와서도 샅샅이 찾아보았다. 비닐봉지째로 증발한 거다. 걷다가 흘렸거나 가게 안에서 정신없이 구경하다가 흘렸을 수도 있다. 쩝! 누군가 그 목걸이를 주워서 행복했기를. 나는 보는 기쁨 사는 기쁨을 맛봤으니 그걸로 됐지 뭐.

'보데가 이라체'라는 입간판 글씨가 있는 건물 앞에 순례객이 와글와글 모여있다. 이곳이 바로 그 유명한 이라체 와인 샘이다. 목마른 순례자를 위해 보데가 이라체 와인공장 측에서 통 크게 무료로 와인을 제공하는 곳이다. 와인 샘 왼쪽 꼭지를 틀면 레드 와인이 나오고, 오른쪽 꼭지를 틀면 시원한 물이 나온다. 신기하다. 차례를 기다려 왼쪽 꼭지에 조심스럽게 스테인리스 컵을 갖다 댄다. 붉은 빛깔 와인이 졸졸 흘러나온다. 히야아, 입이 귀에 걸린다. 캬아, 길 위에서 마시는 공짜 와인은 꿀맛이다. 이보다 더 맛있는 와인이 있겠나! 다른 순례자를 위해 반 컵으로 만족한다. 다들 행복하고 즐거운 표정이다.

지나가는 길에 높은 종탑과 함께 엄청 큰 규모로 위엄을 드러내는 이라체 수도원이 있다. 스페인은 얼마나 돌이 많은지 성채, 성당, 수도원 다리, 일반 가정집 모두 다 돌로 쌓은 석조건축물이다. 스페인의 엄청나고도 멋진 석조건축물 앞에 서면 늘 기가 죽는다. 매번 진다. 그래도 좋다.

갈림길에서 오른쪽으로 간다. 넓고 긴 터널이 나온다. 바깥은 오히려 먹구름이 잔뜩 껴 흐린데 터널 안쪽은 오히려 환하다. 알록달록한 그라피티로 장식되어 있는 데다 넓고 흰한 원통형이라 마치 SF영화에 나오는 캡슐형 트램 같다. 시커먼 먹구름 떼가 지평선 바로 위까지 내려와 밀밭으로 곧 쏟아져 내릴 판이다. 걷다 보면 온갖 삶의 조각들이 다 쏟아져 나온다. 딱히 정해진 화제가 있는 것도 아니다. 가족 이야기를 하다가 둘 다 눈물이 핑 돈다. 눈물을 흘리면서 훌쩍여도, 신경 쓰지 않아도 되어서 좋다. 빗물 때문에 표도 안 난다. 묵혀둔 이야기를 길 위에 조금씩 털어내면 마음이 그만큼 가벼워진다. 걷기가 주는 또 하나의 선물이다. 비보다 찬바람 때문에 판초를 벗을 수 없다. 몬 하르딘봉으로 가는 숲길은 가득 달린 어린잎들이 장막이 되어 비와 바람을 막아준다. 어린 것들도 모이니 힘이 세다.

오르막 갈림길 초입 땅바닥에 누군가가 주먹만 한 돌덩이를 가지고 커다란 화살 표시를 만들어 놨다. 참 고맙다. 헷갈리기 쉬운 갈림길에 공을 들여 만든 화살 표시 하나가 지친 뚜벅이의 가슴을 따뜻한 온기로 가득 채운다. 무주상보시다. 굳이 재물을 쓰지 않고도 얼마든지 타인에게 선한 영향력을 미칠 수 있다. 맞바람이 세게 불어 판초가 공기를 가득 머금고는 파란 날개로 변한다. 그래, 알바트로스보다 더 큰 새가 되어 바람을 타고 저 멀리 오르막길 끝까지 날아가 보자.

아스케타 언덕에 무어인의 샘이 있다. 고려 때 몽고족의 침략으로 고향 마산에 남겨진 우물 몽고정처럼 이베리아반도를 침략한 무어인의 흔적이 여기 낡은 샘으로 남아있다. 구멍가게인 띠엔다에서 카페콘레체 한 잔과 보카디요와 챙겨온 사과로 점심을 먹은 뒤, 몬 하르딘봉으로 향한다. 제법 경사가 가파르다. 바람이 엄청 불어 판초가 미친 듯 칠락팔락 요란한 소리를 낸다.

문득 떠나올 때 격려금을 챙겨주며 엉뚱한 주문을 한 길벗, 희자가 한 말이 생각난다. "언니, 긴 여정이니 한 번쯤은 둘이 꼭 싸워보고 오세요."라는. 갑자기 장난기가 발동한다. 친구더러 우리가 딱히 싸울 일이 없었으니, 지금 여기서 한 판 붙어보자고 했다. 그래 좋다 한다. 지나가던 순례자에게 사진을 부탁한다. 망토 대신 판초 자락을 휘날리면서 다리를 맞버티며 칼 대신 스틱을 쳐들고는 칼싸움하는 장면을 연출한다. 웃다가 하마터면 오줌 지릴 뻔했다. 얼마나 웃었던지 추위가 싹 다 달아난다. 오늘 밤 톡으로 싸운 인증 사진 날려 보내야지, 하하.

마을로 내려가는, 유채꽃밭과 밀밭 사잇길이 참 길기도 길다. 해마 속에 갈무리되어 있던 동요란 동요는 다 꺼내 부르면서 지난한 길을 접고 또 접으면서 간다. 동요 밑천이 바닥나고 더 이상 노래 부를 힘도 남지 않을 즈음, 목적지 로스 아르코스가 보이기 시작한다. 알베르게에 도착하니 2시 30분경이다. 평소보다 좀 이른 시간이라 침대를 배정받고는 씻지도 않고 바로 인근에 있는 산타 마리아 성당을 들렀다. 세요도 찍고 들어가 보니 성당 내부가 엄청 화려하고 아름다워 입이 다물어지지 않는다.

현란한 문양으로 장식된 금빛 기둥 중간에 매달린 거대한 파이프 오르간. 그 위용에 놀란다. 성당 중앙부는 황금빛으로 도금되어 있다. 정중앙은 웅장한 아치형이고, 전체적으로는 움푹 팬 반원형 2단 구조로 되어있다. 사방 벽면이 금칠이 되어있고, 많은 조각상이나 문양이 너무 정교하고 화려해서 바라보고 있으니 가슴이 벌렁거린다. 1단의 예수상보다 2단에 배치된 성모 마리아상이 규모도 크고 더 화려하게 조각되어 있다. 산타 마리아 성당이라 그런가? 이름 모를 여러 성인의 조각상이 성당 벽면을 돌아가면서 가득 메우고 있다. 둥근 천정의 벽화와 화려한 문양의 테두리가 통 창으로 들어온 햇빛을 받아 장엄하기 그지없다. 스페인이 대제국의 위세를 떨치던 시기에 지어진 성당인 듯하다. 놀란 가슴을 진정시키고 맨 뒷줄에 앉아 간단히 기도를 올리고 나온다.

숙소 가까이에 있는 식당에서 이른 저녁으로 엔살라다와 뜨끈한 스프에 프라이드치킨 윙을 시켜 먹는다. 문을 연 식당이 별로 없어 입에 좀 맞지 않았지만, 그냥 먹었다. 내일도 잘 걸어야 하니까. 숙소에 돌아오니 주방에서 강릉 아재와 과묵한 시크 아재 둘이 와인과 고추장 곁들인 소시지 안주를 마련해 놓고 굳이 한잔하고 가란다. 와인 한 잔과 고추장 바른 소시지를 먹으면서 오늘 순례길에 대해서 이야기한다. 그분들에겐 그게 저녁 식사인 것 같은데, 허. 잠시 앉아있다가 잘 먹었다고 인사하고는 이층으로 올라갔다. 빨래를 침대 이층 난간에 이리저리 대충 널어두고 잠자리에 든다. 엄청나게 코를 고는 여인 곁에서 어떻게 잠들었는지 모르겠다. 이웃에게 폐를 끼치지 않으려고 입에 테이프까지 붙이고 자는 모습이 안쓰럽다. 그런데 테이프도 소용이 없다, 헐!

4/20 수

도보 7일. 마이 걸, 굿 잡!

로스 아르코스에서 로그로뇨까지 28.5km

새벽 4시 30분쯤에 절로 깼다. 오늘은 나바라주에서 라 리오하주로 넘어가는 날이다. 28.5km, 지금까지 코스 중 가장 길다. 고난의 행군이 될 듯하다. 아니다. 나를 죽이지 못한 그 무엇은 나를 강하게 만든다는 니체의 말을 떠올린다. 나를 걷게 만드는 것이 도대체 무엇일까? 한번 알아봐야지. 그래, 가보자. 조식을 간단히 먹고 7시 20분에 출발한다. 아침 어스름의 산타 마리아 성당. 종교 관련 문양이 새겨져 있는 성당 외벽이 장엄미를 한껏 드러내고 있다.

잔뜩 찌푸린 하늘과 끝없이 펼쳐진 밀밭 사이에는 바람 소리뿐. 기압 탓인지 기분 탓인지 둘 다 말이 별로 없다. 뺨과 귀를 후려치는 찬바람. 말을 잃고 머리 숙인 채 걸어간다. 바람이 불면 부는 대로 말없이 드러눕는 저 풀잎처럼 나도 그저 수그리고 걸을 수밖에 없다. 흐린 하늘을 깔고 지평선 고갯마루에 서 있는 순례자 뒷모습이 쓸쓸하다. 추우니까 자꾸 오줌이 마렵다. 인적 드문 길가라 별 경계 없이 길 쉬가 가능해서 좋다. 한 시간 반쯤 걸었나? 저기 언덕바지에 산솔 마을이 보인다. 가게에서 뜨거운 코코아를 마시면서 추위와 피로를 달랜다.

차도를 따라 하염없이 걷는다. 아
스팔트길, 다리가 무척 싫어하는 길
이다. 길가에 흙이나 잡초가 조금이
라도 있으면 지르밟고 간다. 내리막
찻길 아래 토레스 델 리오 마을이
있다. 넓은 공터에 신발을 벗고 주저
앉아 쉬는데, 며칠 전에 봤던 보더
콜리 2마리가 아빠랑 걸어오는 게
아닌가! 얼마나 반갑던지 마구 쓰다
듬어줬다. 저들도 반갑다고 격하게
꼬리를 흔든다. 정말 대견하고 착한
녀석들이다. 힘든 길인 줄도 모르고
그저 아빠만 믿고서 따라나선 거다.
아빠는 진심 어린 미소로 둘을 힘
껏 보듬고 쓰다듬으면서, "마이 걸,

굿잡!" 하며 무한 애정을 보인다. 사랑은 참으로 무서운 힘을 가진다. 가슴이
따뜻해 온다. 너들도 걷는데 내가 지치면 안 되지. 다시 신발 끈을 묶고 배낭
을 메고 일어선다.

마을의 알베르게 앞에 자전거 순례객이 둘러 모여서 몸을 풀고 있다. 출발

하려나 보다. 우릴 보고 웃으며 "올라, 부엔 까미노!" 한다. 우리도 "올라, 부엔 까미노. 꾸에르떼— 안녕, 좋은 순례길 되길. 몸조심해 —!" 한다. 길 위에서 순례자는 모두 하나다. 남녀노소 외모나 국적 인종이 달라도 다 같은 길벗이다. 순례길에서 평등과 자유와 사랑을 배운다.

마을 골목길 낡은 주택. 회칠이 벗겨져 철골과 벽돌이 드러나 있다. 하지만 길을 안내하는 노란 화살 표시 페인트칠만은 선명하다. 세련된 안내표지판보다 더 정겹다. 순례길 위에서 길 표시는 단순한 상징이 아니라 길라잡이 도반이다. 길을 잃고 헤맬 때, '짠, 나 여기 있지!' 하고 나타나는 반갑고 고마운 길동무다. 시멘트를 돌판처럼 모양낸 오르막길을 오른다. 갈라진 긴 틈을 메우고 있는 잡초들이 한 마리 초록 뱀 같다. 지평선 마루 덤불 너머 하늘이 을씨년스럽다. 내리막길에 조그만 돌탑이 예제 널려 있고 빛바랜 리본들이 나뭇가지에 빼곡히 달려있다. 스페인 산티아고 순례길이 아니라 우리나라 산사의 고샅길 같은 느낌이다. 인간은 언제나 자기가 갖지 못한 것을 욕망하고 그로 인해 고해 속에서 산다. 쌓아 올린 돌탑만큼, 매달린 리본만큼 많은 소망과 그리움과 아픔을 안고 살아가나 보다. 애처롭다.

쉬다가 남편이 보낸 톡을 본다. 오늘 엄청 긴 코스인데 날씨는 괜찮은지 잘 걷고 있는지 묻는. 그가 보고 싶다. 후유, 어쩌자고 난 지금 여기서…. 올리브 밭을 지나고 포도밭을 지나고 밀밭 사잇길을 지나간다. 고갯마루 무너진 집터

벽에도 '이쪽으로 가야 돼!' 하고 화살 표시가 신호를 보낸다. 길 안내표지판에 비아나 1.8km라 적혀있다. 흥얼거리면서 남은 힘을 짜낸다. 친구 뺨이 찬바람에 발갛다. 정신은 흩어지고 몸만 찻길 따라 하염없이 내려간다.

내리막길 저 끝에 비아나 마을이 보인다. 19km 정도 걸어왔으니 3분의 2를 걸어왔다. 12시 반이다. 점심으로 골목 안 카페에서 와인과 엔살라다 그리고 비프스테이크와 리조또에 달달한 디저트까지 풀 코스로 주문한다. 양이 좀 과하다 싶었지만 둘이 한마음으로 그렇게 시켰다. 지친 몸에게 보상을 확실히 해야겠다는 일념으로. 맛있게 먹어서인지 몸이 데워진다. 에너지를 채웠으니 기분 좋게 쓰러 가야지.

맞은편 비아나의 산타 마리아 성당은 보수 중이다. 규모로 보아 로스 아르코스의 산타 마리아 성당 못지않을 것 같다. 광장을 지나간다. 골목 주택 창가에 놓인 다육이들, 노란 잔꽃 잔뜩 단 팔을 쭉 뻗고는 반갑게 인사한다. 길가 붉은 양귀비꽃과 노란 유채꽃 군락. 금방이라도 비를 쏟아부을 듯이 시커먼 하늘이 용심을 부려도 아랑곳하지 않고 앞다투어 피어있다. 참 예쁘다. 드디어 라 리오하주 로그로뇨 외곽인가 보다. 포도밭을 지나니 솔숲이 이어진다.

솔숲을 보니 반갑다. 중키의 리키다소나무는 백두대간의 적송이나 금송, 동해의 해송만큼 우아하지 않다. 그래도 피톤치드를 한껏 뿜으며 상큼한 기운을 선물한다. 그걸로 충분하다. 나무로 만든 육교를 지나간다. 대개는 철골에 시멘트로 된 육교인데 독특하게 나무를 잇대어 만들어 놨다. 견고하면서도 편안한 육교로 순례자 다리를 편안하게 해준다. 미루나무가 만세 삼창하는 가로수 포장길 끝, 긴 지하터널을 지나 로그로뇨로 들어간다. 넓은 공원길에 키 큰 사이프러스나무와 수양버들나무가 늘어서서 우리를 격하게 반기며 맞이한다. 수고했다고. 왼쪽에 도도하게 흐르는 에브로강 위에 놓인 푸엔테 데 피에드라가 마치 마법의 성으로 들어가는 다리처럼 몽환적인 아름다움을 자아내고 있다.

　다 왔다. 숙소는 로그로뇨 구시가지에 위치한 알베르게다. 위치나 외관은 괜찮았지만, 실내 시설이 열악하다. 공간이 좁은데 이층 침대를 구겨 넣듯 많이 들여놨다. 침대 높이가 낮아도 너무 낮다. 키 작은 내가 침대에 머리를 수그리고 앉아야 한다. 허리와 목이 아프다. 머리를 조금만 들어도 바로 쇠침대에 부딪힌다. 화장실과 샤워실도 침대 바로 코앞이고, 밖으로 나가는 알루미늄 문도 삐거덕 소란스럽기 짝이 없다. 빨래 널 공간도 부족하다. 오늘 밤은 편히 자긴 글렀다. 심란한 마음을 진정시킨다. 편하게 쉬려면 순례길에 나서지 말아야지. 그래도 쉴 수 있는 공간이 있어서 좋다고 스스로에게 자꾸 되뇐다.

　저녁 식사는 함께 모여서 한다. 순례자 메뉴로 와인과 엔살라다, 치킨 스테이크와 파스타, 후식으로 아이스크림이 나온다. 삼삼오오 큰 테이블에 모여서 즐겁게 이야기하며 식사를 한다. 식당 한쪽에선 노가수가 전통복장을 하고 노트북 반주에 맞춰 스페인어로 노래를 부른다. 간간이 박수를 보냈지만, 솔직히 노래 실력은 별로였다. 청중의 시큰둥한 반응에도 아랑곳하지 않고 목청껏 혼자 열창하고 있다. 난감했다. 돈을 받고 열일하는 그도 힘들고, 듣는 우리도 식사가 불편할 정도로 힘들다, 헐!

밤에 로그로뇨 시내 산 후안 거리의 유명한 따바스 맛집을 찾아 나선다. 길을 잘 찾는 팀원을 따라간다. 고흐의 「아를르의 포룸 광장의 카페 테라스」처럼 밤 상가 골목길에 명징한 다크 블루의 역삼각형 밤하늘이 내리꽂혀 있다. 아름다운 로그로뇨 밤거리 풍경이다. 상가 불빛이 별빛 대신 내려와 골목길을 환하게 밝힌다. 행복하고 여유로운 산책길. 시내 곳곳이 인파로 북적인다. 다들 즐비한 바나 카페에서 따바스에 까냐나 와인을 마시면서 즐거운 시간을 보내고 있다. 우리도 맛집에서 까냐와 따빠스를 시켜서 건배를 한다. 나는 엔초비를 시켰는데 너무 맛있다. 엔초비는 절인 멸치 비슷한 생선에 절인 올리브와 절인 고추를 꼬치에 꽂아 만든 술안주다. 시원한 까냐와 찰떡궁합인 짭조름한 엔초비 맛을 잊을 수가 없다. 이후로 엔초비가 있는 바에 들르면 잊지 않고 꼭 시켜 먹게 됐다. 순례길 걷다가 살쪄가겠다면서 활짝 웃었다. 즐거운 밤 나들이다. 돌아와 자매님과 함께 세탁기 빨래를 했으나 건조가 시원찮다. 꿉꿉한 빨래를 침대 난간에 이리저리 걸쳐놨다. 난민촌을 방불케 하는 좁은 공간에서 코골이 합창단의 돌림노래를 듣다 듣다가 지쳐서 잠이 든다.

4/21 목

도보 8일. 무슨 소망이 저리도 많을까?

로그로뇨에서 나헤라까지 29.5km

한 치 앞을 모른다더니. 어제가 제일 긴 코스인 줄 알았는데 오늘은 29.5 km로 더 길다. 걱정이다. 발가락 상태가 좋지 않다. 무지외반증과 평발로 인한 통증은 늘 있던 거다. 그런데 오래 걷다 보니 티눈도 생기고, 왼쪽 엄지발톱까지 시퍼렇게 멍들어 있다. 게다가 이번 순례길에 새끼발가락까지 쓸려 물집이 잡히려 한다. 포진이 나아가니 이제야 발이 보인다. 꼴이 말이 아니다. 대략 난감하다.

7시 20분에 출발. 숙소 근처 산티아고 레알 성당의 외벽 조각상을 우러러본다. 지팡이를 쥐고 있는 걸 보니 순례하던 성자인가 보다. 성당 옆 광장, 거친 터치의 남자 상반신 청동상이 눈에 띈다. 눈을 부릅뜨고 입술은 굳게 다물고 손등의 핏줄은 터질 듯 불뚝 솟아있다. 강한 결기가 느껴진다. 그 기운을 내가 받으면 좋겠다. 광장 가운데는 걷는 포즈의 남녀 순례자 동상이 있다. 동지를 만난 듯 반갑다. 같은 포즈로 사진을 찍으며 마음을 굳게 다진다.

신시가지 로터리를 지나간다. 산 미구엘 공원이 나온다. 멋지게 조성된 공원 대리석 길을 지날 때 발의 통증이 심해진다. 티눈이 송곳처럼 성한 살갖

을 찌른다. 발가락양말을 신어도 소용이 없다. 등산화 끈을 최대한 풀고 걸어
도 아프다. 평소답지 않게 처져서 걸으니 친구가 걱정한다. 오늘 밤에는 특단
의 조치를 취해야겠다. 한 시간 이상 참고 걷다 보니 발 전체에 열이 나면서
통증이 점점 무디어진다. 그나마 다행이다.

공원을 가로지르는 육교를 지나간다. 공원이 얼마나 넓은지 아직도 공원
안이다. 조개와 화살표를 조각해 놓은 철제 설치물 양쪽에 둘이 붙어서 영차
영차 하면서 억지 미소를 지으며 사진을 찍는다. 힘들수록 억지로라도 웃어
야 한다. 저기 그라헤라 저수지가 나온다. 저수지 방죽에 기대어 앉아 쉰다.
친구 얼굴에도 지친 기색이 역력하다. 저수지에 낚싯대를 드리우고 앉아있는
남자의 등이 부럽다. 작은 호수에 유유히 떠다니는 하얀 오리와 호숫가에서
모이를 쪼아 먹는 청둥오리, 비둘기, 참새 떼도 부럽다. 에구. 포도밭 포도나
무 아래 줄을 맞추어 잔뜩 심어둔 주황색 금잔화를 본다. 예쁘다. 농장주가

노동의 지겨움을 달래려고 심어둔 건가? 억지춘향으로 우리 힘내라고 심어둔 거라 친다.

흙길을 오르락내리락 걷는다. 철조망 처진 샛길을 지나간다. 순례자들이 만들어 놓은 나뭇가지 십자가가 철조망에 수없이 걸려있다. 무슨 소망이 저리도 많을까? 노끈으로 묶은 것도 있고, 철조망에 끼워둔 것도 있다. 가지가 크든 작든 곧든 휘든 상관없이 각자의 소망을 담아 꽂아둔 각양각색의 십자가를 보고 있자니 눈물이 픽 난다. 돌아가신 아버지 어머니가 그립고, 두고 온 피붙이가 그립다. 눈물 한 방울에 소망과 그리움, 슬픔과 기쁨, 안타까움과 고마움 등 온갖 감정이 다 맺힌다.

야산 꼭대기에 거대한 황소 구조물이 우릴 내려다보고 있다. 포도밭 곁에는 와인 공장이 있는데, 엄청 큰 와인 병 조형물을 세워뒀다. 유명한 와인 양조장인가 보다. 하얀 헤르츠 를 발견한다. 너무 반갑다. 대장과 손 대리가 "부엔 카미노!"를 외친다. 우리도 "부엔 카미노!" 하고 손을 흔든다. 낯선 길 위에서 우리를 반기는 누군가를 만난다는 것은 참으로 고맙고 기쁜 일이다. 힘이 난다.

저 멀리 나바레테 마을이 안개 너울을 쓰고 있다. 옛날 순례자 병원 터에

5 여행사 전용 흰색 벤으로 카고 백과 캐리어를 운반하는 차다. 헤르츠란 글씨가 차에 새겨져 있어서 붙인 이름이다.

는 빛바랜 주춧돌과 하단부 돌만 남아있다. 중세 시대 이 길을 걷다 다친 순례자가 꽤 많았나 보다. 마을 중앙에는 3층 높이의 교회가 마을을 지키고 있다. 골목길 모퉁이 바에서 카페콘레체를 마시며 단비 같은 휴식을 취한다.

새잎을 달지 않은, 가지가 구불구불한 포도나무밭은 왠지 쓸쓸해 보인다. 여긴 다른 데보다 기온이 좀 낮은가? 조만간 저 포도나무에도 초록 이파리가 잔뜩 달리고 포도송이가 주저리주저리 열리겠지. 밀밭 가에 시멘트 십자가 탑이 있다. 여기저기 쌓여있는 작은 소망의 돌 틈에 젊은 여인의 사진 한 장과 노란 들꽃이 꽂혀있다. 사랑하는 그녀를 잃은 그가 가슴 속에 고이 품고 온 그녀 사진을 눈물과 함께 두고 갔나 보다. 난 울보다. 내 눈물 한 방울도 거기 보태고 간다.

들판에 마구잡이로 피어난 노란 주황 들꽃이 참 예쁘다. 우울하고 지친 몸과 마음에 큰 위로가 된다. 돌아가니 벤토사 마을이 나온다. 스페인에는 아무리 작은 마을이라도 가장 높거나 눈에 띄는 곳에 성당이 자리한다. 스페인에서 성당은 불변의 진리를 간직한 공간이고 무소불위의 힘을 가진 공간인 것 같다. 12시 40분. 5시간 20분을 걸었다. 마을 바에서 점심을 먹는다. 따뜻한 우유와 엔살라다와 빵과 프라이드 윙을 맛으로 먹은 게 아니라 휴식시간과 에너지 충전을 위해 먹었다. 적절히 쉬고 잘 먹지 않으면 그날로 장거리 걷기는 실패하고 마니까.

고개를 오르는 길이 온통 울퉁불퉁 자갈돌길이다. 에고! 근데 고갯길 나무 그늘에 나이 든 순례자 한 분이 버스킹을 하고 있다. 기타를 치고 노래를 부르며 지나가는 뚜벅이를 유혹한다. 예쁜 비누 공예품을 팔고 있다. 그분의 순례를 돕고 잠시 쉴 겸 해서 서서 따라 노랠 흥얼거린다. 거금 10유로 지폐를 쾌척하고 비누 공예품을 샀다. 기분이 좋아진다. 또 하나의 미스터리, 돌아와서 보니 그때 산 비누 공예품을 찾을 수가 없다. 나라는 인간은 참! 잊음이 헐한 건지 덜렁인지 암튼 한심하다. 그때 기분 좋은 거로 퉁쳐야지 뭐.

푸른 밀밭 사이, 갈아엎은 황토 흙밭이 기하학적인 형태를 띠고 있어서 인상적이다. 저 땅에 무얼 심으려는지? 끝이 없는 포도밭길을 걷고 또 걷는다. 알데강이 흐른다. 강폭이 좁은데도 물살이 세서 강물이 콸콸거리며 흐른다. 나헤라를 향해 마지막 내리막 아스팔트 찻길을 따라 내려간다. 목적지가 저 아래에 있다. 젖 먹던 힘까지 짜내며 걷는다. 혼이 빠져나가도 걸음은 걸어진다. 나헤라 초입의 넓은 유채꽃밭, 유채향 때문이 아니라 힘이 다 빠져 취객처럼 흐느적거리며 겨우 걷는다. 다리를 건너 외곽 공장지대를 지나 주택가로 들어선다. 로터리를 지나니 드디어 나헤리야강 다리가 나온다. 장하다 대단하다. 다리 위에서 둘이 부둥켜안고 환호했다. 나헤라 마을 뒤에는 겹겹의 지층으로 된 검붉은 퇴적암 산이 거대한 성채처럼 펼쳐져 있다. 다리 건너 나헤라 구시가지에 있는 알베르게에 도착한다. 살았다.

4시가 넘었다. 9시간 동안 30.4㎞를 걸었다. 가장 많이 걸은 날이다. 알베르게가 참 아름답고 깔끔하다. 운 좋게 우리 둘은 가림 문이 달린 침대방을 배정받았다. 나무 침대에다 벽에는 풍경 사진 액자도 걸려있다. 세상에, 창문에 레이스 커튼까지 달려있고, 콘솔에 예쁜 의자까지 있다. 다들 와서 보고 부러워한다. 웬 횡재냐, 이게? 살다가 한 번씩 이런 날도 있어야 한다. 오늘 고생한 걸 한꺼번에 보상받는 기분이다. 창문을 여니 나헤리야 강변이 훤히 보인다. 눈맛이 시원하기 짝이 없다. 샤워실에 물이 잘 빠지지 않아 직원이 와서 뚫어도 별 소용이 없다. 방이 좋아서 그런 건 문제가 안 된다. 그냥 대충 씻고 빨래는 세면대에서 대충해서 방 안 빨랫줄에 넌다.

저녁은 다 함께하기로 되어있다. 인근 식당에서 레드와인과 양질의 티본 스테이크로 만찬을 즐긴다. 오늘 하루 열심히 걸어낸 그대여, 즐겁게 드시라, 건배 짠! 스테이크와 와인으로 배를 채운다. 5인이 한 테이블인데 우리 둘과 자매님 그리고 은조 언니 이렇게 한 조다. 그런데 언니가 오늘 걷다가 고갯길에서 넘어져서 얼굴을 다쳤다. 찰과상에 피멍까지 들어 얼굴이 말이 아니다. 꼭 안아드리며 위로했다. 그만하길 다행이라 여기자고. 서로 위로하고 위로받는 시간이다. 이것저것 진심으로 이야기하고 진심으로 듣는다. 그중 자식은 그들 자신의 삶을 살아가고, 부모는 짝사랑 대신 자신의 삶을 살아가면 되는 거라는 말에 격하게 공감한다.

나헤라 밤 풍경이 너무 아름다워 느림보 걸음으로 골목길을 산책한다. 마을 사람들이 카페나 바에서 까냐나 와인 잔을 앞에 놓고 담소를 즐기는 모습이 참 여유로워 보인다. 강물 위 노란 가로등 불빛이 어른거리는 다리를 둘이 느긋하게 거니는 지금 이 순간이 바로 천국이다. 온갖 기억의 조각을 하나씩 꺼내 이야기하면서 기쁨이든 슬픔이든 모두 흐르는 강물 위에 흘려보낸다. 저녁때 변비약과 압박 테이프를 샀다. 변비약 효과로 한밤중에 근 10일 만에 볼일을 조금 봤다. 다시 깊은 잠에 빠진다.

4/22 금

도보 9일. 차라리 보이지나 말지

　오늘은 비교적 짧은 거리라 사과 하나와 오이 반쪽을 먹고는 느긋한 마음으로 7시 40분경에 출발한다. 아름다운 나헤라를 두고 가기 아쉬워서 다리 위에서 사진 한 컷을 남긴다. 에헤라 디야 나헤라 디야! 흥얼거리면서 나헤라에 즐거운 작별을 고한다. 포도밭 사이로 난 흙길을 따라간다. 오늘도 여전히 흐린 아침이다. 걷기 딱 좋은 날씨지. 스스로 위로한다. 벤치에 다리 꼬고 기대어 앉아서 여유를 부리기도 하고, 사이프러스나무 가로수 아스팔트길도 콧노래 부르며 간다. 오늘 코스가 어제보다 9km나 짧다는 생각이 심신을 이리도 가볍게 한다. 표정도 한결 밝다. 참나, 경박자 같으니라구!

　오르막길이다. 청회색 하늘 아래 하얀 구름 떼가 낮게 깔려있는 고갯마루에 악어 모양의 둔덕이 참으로 기묘한 분위기를 자아낸다. 내 발로 악어의 아가리로 걸어 들어가서 구절양장 끝 모를 내장 속으로 굽이굽이 넘어가고 있다. 벌판 한가운데, 뭐가 잔뜩 쌓여있다. 자갈 더미인가 했는데 가까이 가서 보니 수확한 감자를 산더미처럼 쌓아논 거다. 구름 사이로 푸른빛이 번지는 걸 보니 날씨가 개려나? 아소프라 마을이다. 바에서 간단한 카페콘레체와 빵으로 아침을 먹는다.

경작지 사잇길을 화살표 따라 걷는데 날씨가 다시 흐려진다. 먹구름이 우리 덮칠 듯이 낮게 내려깔린다. 억새풀이 바람에 헤드뱅잉 한다. 고개를 팍 숙이고 걷는다. 저 멀리 눈 덮인 산에서 몰려오는 찬바람에도 벌판의 밀과 유채꽃의 몸짓은 그저 우아하기만 하다. 귓불이 얼얼하고 뺨이 따갑다. 쓰읍 쓰읍 코훌쩍이는 소리와 하아 하아 가쁜 숨소리만 미친 바람 소리에 대척하고 있을 뿐이다.

시커먼 하늘과 시퍼런 밀밭 사이의 샛노란 유채꽃밭은 기묘한 아름다움을 자아낸다. 시루에냐 마을을 알리는 안내표지판이 무지 반갑다. 바에서 레체 깔리엔테— 따뜻한 우유 —와 또띠야를 먹으면서 휴식을 취한다. 추워서 패딩 위에 방풍 재킷을 겹쳐 입고 나선다. 지평선 끝까지 이어진 밀밭 사잇길. 눈 앞에 한없이 뻗어있는 길을 바라보는 것 자체가 고문이다. 차라리 보이지나 말지. 아, 도대체 어쩌란 말이냐, 이 아픈 가슴을! 그래도 앞서거니 뒤서거니 개미떼처럼 함께 걸어가는 도반이 있어서 외롭지는 않다. 그래, 물 흐르듯 그

냥 흘러가자. 정신없이 푸른 밀밭 따라 흐르고 노란 유채꽃밭 따라 흐르고 흐르다 보니 어느덧 산토 도밍고 데 칼사다에 닿아있다.

외곽 공장지대를 지나 구시가지로 들어간다. 골목길 주택가 담벼락의 돌 하나하나에 세월의 멋이 배여있다. 마요르 광장에 숙소인 스페인 국영호텔, 파라도르가 우릴 환영한다. 와우! 호텔이다. 그것도 멋진 파라도르다. 광장 좌우로 수탉과 암탉의 기적 전설로 유명한 대성당과 거대한 대성당 종탑이 있다. 숙소에 도착하는 순간 비가 쏟아진다. 천만다행이다. 9일 만에 호텔에서 묵게 되어 무지 기분이 좋다.

파라도르 내부시설은 엄청 고풍스럽고 우아하다. 돌벽이나 돌기둥이나 샹들리에나 모서리에 설치된 조각상이나 어느 것 하나 멋스럽지 않은 게 없다. 내 차림새는 누추하나 마치 귀부인이 된 듯하다. 모퉁이를 장식하고 있는 엔틱한 가구나 소품 하나하나 다 예술품 같다. 호텔 방문도, 테이블도, 장식장도, 침대도 목재로 고풍스러운 멋을 한껏 풍긴다. 흥감하다. 매너가 신사를 만들듯 파라도르가 나를 귀부인으로 만든다. 행복하다. 비록 방안에 친 빨랫줄에 널린 빨래와 테이블에 널린 잡다한 먹거리가 좀 안 어울리긴 하지만.

판초를 걸치고 대성당을 보러 간다. 로마네스크 양식의 대성당 안에는 박물관과 막달레나 예배당과 산토 도밍고의 영묘 등 볼거리가 가득하여 놀랍다가 주눅까지 든다. 대성당 규모가 어마어마하다. 높은 궁륭천장 아래 온갖 성화와 성물이 전시되어 있는 박물관과 정면 4층 제단의 층층마다 마리아와 예수님, 여러 성인과 아기천사 조각상이 가득하다. 금칠 된 화려하고도 화려한 제단에 입이 떡 벌어진다. 도밍고 성인의 영묘 그리고 금동 닭 조각상 등 너무나 많은 성물, 성화를 수박 겉핥기로만 봐도 혼이 달아날 지경이다. 다리가 후들거린다. 맞은편 바로크 양식의 무려 70m에 달한다는 대성당 탑은 보수공사 중이라 우러러 쳐다보기만 한다.

골목 식료품 가게에 들러 간식거리를 사가지고 숙소로 돌아온다. 저녁은 호텔 레스토랑에서 다 함께 모여 먹는다. 화이트와인에 하몬과 빵, 돼지 볼살 스테이크와 송이버섯 야채볶음 등. 오늘 아니 9일간의 걷기의 피로가 맛있는 저녁 식사로 말끔히 사라진다. 행복은 이리 가까이에 있다. 언니들 방에 초대되어 지금까지 잘 걸어온 것에 대한 격려의 막춤을 추면서 깔깔거리며 재롱을 떨다가 왔다. 침낭 대신 너무나 편안하고 깔끔하게 정돈된 침대에서 자려니 잠이 잘 안 온다. 산티아고 순례길에 의해, 산티아고 순례길을 위해 생겨난 이곳, 산토 도밍고 데 칼사다의 참으로 멋진 파라도르에서 아름다운 봄밤에 참으로 편안하고도 달콤한 잠을 청한다.

4/23 토

도보 10일. 머릿속에 남은 거라고는

산토 도밍고 데 칼사다에서 벨로라도까지 23.9㎞

6시에 기상하자마자 제일 공들이는 게 발가락 공사다. 압박 테이프로 아픈 발가락 부위를 꼼꼼히 싼다. 그리고 조심스럽게 등산용 발가락 양말을 신는다. 걷기의 성공 여부는 일차적으로 발에 달려있다. 양말이 조금이라도 틀어지거나 신발에 모래알 하나라도 들어있을라치면 바로 불편함을 느낀다. 나만의 소중한 의식을 치르는 시간이다. 숙소가 좋아선지 변비약 덕인지 모닝 똥을 처음으로 시원하게 본다. 잘 먹고 잘 자고 잘 싸야 잘 걸을 수 있다. 몸이 한결 가볍다. 파라도르를 자꾸 뒤돌아본다. 하루만 머물다 가서 아쉽다. 그래도 어쩌랴!

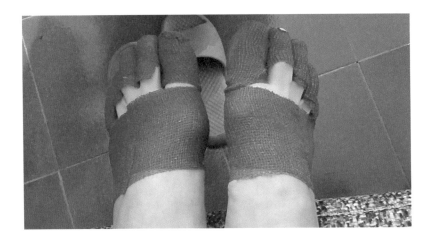

아침 바람은 여전히 매섭다. 오하강물이 세차게 흐른다. 간밤 비가 많이 왔나 보다. 잿빛 구름을 비집고 아침 해의 기운이 벌겋게 우리어 번진다. 무소불위이고 대체불가인 지존, 저 태양을 우리는 경외감을 가지고 복종하면서 맞이해야만 한다. 아침 해의 기운을 가슴으로 벅차게 느끼며 걷는다. 용자들의 십자가 앞 벤치에 앉아 쉬면서, 800㎞ 넘는 순례길을 하루도 거르지 않고 걷고 있는 우리가 바로 그 용자들(valientes)이 아닌가 생각한다. 우중충한 하늘빛이 조금씩 옅어진다. 그라뇽 마을 초입 바에서 카페콘레체와 빵을 먹으면서 짧지만 달콤한 휴식을 취한다. 골목 양지바른 담벼락 아래 순례객들이 고양이처럼 편안한 자세로 쭈그리고 앉아서 볕을 쬐며 쉬고 있다.

마을을 벗어나 밀밭 사잇길로 내려간다. 드넓은 벌판 사이로 구불구불한 흙길이 한도 끝도 없이 이어져 있다. 홍길동처럼 축지법을 쓸 수도 없고, 손오공처럼 근두운을 탈 수도 없고, 헤르메스처럼 날개 달린 신을 신고 날 수도 없다. 눈 내리깔고 짧은 팔이라도 흔들며 잰걸음으로 걸을 수밖에. 심란한 그대여, 길 위에 서라. 절로 내려놓게 되고 절로 단순해진다. 머릿속에 남는 거라고는, '도착해서 뭐 먹지? 오늘 진짜로 맛있는 거 먹어야지.' 오로지 본능만 남은 한 마리 짐승이 된다. 번뇌는 사라지고 오롯이 몸만 있다. 걷기는 가성비에 가심비까지 높은 최고의 명상법이다.

터덜터덜 걷고 있는데 손 대리가 바람을 가르며 다가와 반갑게 인사를 한다. 날쌘돌이를 길에서 만난 것만으로도 힘이 된다. 광활한 밀밭 앞에서 셋이 활짝 웃으면서 한 컷 한다. 갈림길에 입간판이 서있는데, 여기가 라 리오하주와 카스티야 위 레온주의 경계라고 표시되어 있다. 우리가 나바라주에서 시작해서 라 리오하주를 거쳐 이제 카스티야 위 레온주에 발을 디디게 되다니! 한 걸음씩 쌓인 거리가 벌써 200㎞를 훌쩍 넘다니! 걷기의 위력, 정말로 대단하고 놀랍다.

좀체 줄어들 것 같지 않던 길도 무한 반복되는 잰걸음 앞에 레데시아 델 카미노 마을을 쓱 내놓는다. 거짓말처럼 날이 갠다. 흰 구름에 새파란 하늘, 눈이 시리다. 바에 들어가 오렌지 주스와 하몬 든 보까디오— 샌드위치 —를 주문한다. 순례객이 들이닥치니 노부부가 정신을 차리지 못한다. 마음 비우고 천천히 기다려야지. 볕 좋은 야외 테이블에 앉아 전식으로 햇볕 맛보기부터 한다. 참 좋다. 기다리다 먹는 주스와 빵이라 더 맛있다. 에너지가 온몸에 충분히 전달됐는지 기분이 업 된다.

이번 봄 산티아고 순례길은 해마에 세 가지 색으로 각인된다. 진청과 초록과 노랑. 새파란 하늘에 초록 밀밭과 샛노란 유채꽃밭은 평생 내 기억 속에 남을 것이다. 내리막길을 한 시간쯤 가다 보니 비야마요르 델 리오 마을이다. 아직도 5㎞ 이상 더 걸어가야 목적지 벨로라도 마을이라니! 왜 이리 기나? 환장하겠다. 국도와 평행선을 이루며 뻗어있는 직선 흙길, 끝이 보이지 않는다. 저 멀리 지평선에 희미한 소실점으로 화한 길, 잔인하다. 빤히 바라보고 가야 하는 이의 고통이란 참! 우리 앞의 생을 미리 알고 가야 한다면 그건 너무 가혹한 일일 것 같다. 앞이 보이지 않아, 뭣도 모르고 갈 때가 덜 힘들지 않을까? 고문이 따로 없다. 에라, 모르겠다. 그냥 걷고 또 걸어 이런 마음조차 사라지게 할 수밖에 없다. 길은 좀처럼 줄어들 기미를 보이지 않는다. 여전히 칼바람인데 목 뒷덜미만 한낮 땡볕에 익어간다, 에고. 앞서거니 뒤서거니, 개미만 한 순례자들의 작은 움직임이 그래도 내 발을 움직이게 한다. 터벅터벅 발소리 내며 함께 걷고 있는 소중한 친구가 곁에 있어서 얼마나 다행인지!

직선 길이 끝나고 오른쪽으로 접어드니 벨로라도 마을 초입이다. 후유, 끝이 보이려나! 마을 입구에 있는 한 알베르게 펜스에 길게 만국기가 달려있다. 바람에 힘차게 펄럭이고 있는 태극기를 본다. 나도 모르게 가슴 밑바닥에서 대한민국 국민으로서의 자긍심과 자부심이 뭉클 샘솟는다. 휘청거리던 걸음에 힘을 주면서 반듯하게 걷고 싶어진다. 벨로라도 마을 골목길 벽화들이 예사롭지가 않다. 화가가 공들인 완성도 높은 다양한 벽화가 순례자를 유혹해 넋 놓고 바라보게 한다. 대단하다. 감탄사를 연발한다. 익숙한 생활공간이 멋진 예술창작 공간으로 화한다. 마을 전체가 갤러리다. 광장은 성당에서 예배 보고 나온 마을 사람들로 북적인다. 정장 차림의 마을 사람들이 야외 테이블에 모여 앉아 음식을 먹거나 술을 마시며 즐거운 시간을 보내고 있다. 문득 딸이 보낸 톡이 생각난다. "엄마, 오늘 일요일인데도 걸어?" 주님은 주일에 하루 쉬면서 당신을 경배하라 했는데. 그러고 보니 오늘이 일요일이다. 딸아, 이방인 뚜벅이 순례자에겐 휴일이 없단다!

마침내 알베르게에 도착한다. 2시 30분경으로 7시간 반쯤 걸었다. 알베르게 입구에 우습게 생긴 순례자 조각상이 우릴 반긴다. 숙소에 딸린 식당에서 늦은 점심을 먹는다. 하몬과 치즈와 견과류가 듬뿍 든 엔살라다와 초리소— 순대 —와 햄버거에 레드 와인 등 넉넉하게 시켰다. 그렇게 시키고 싶었다. 고생한 몸한테 그 정도는 해야 할 것 같았다. 풍성하고 맛있다. 햄버거를 시킨 친구, 너무 커서 도저히 다 먹을 수가 없다 한다. 감자튀김도 고스란히 남아 어쩌지 하다가 직원을 부른다. 스페인어가 좀 짜치긴 해도 용기를 내어 더듬거리며, "뻬르돈. 빠라 예바르, 뽀르 파보르— 죄송한데요. 좀 싸줄 수 있나요 —?" 단어 몇 마디를 건넸다. 눈치 빠른 직원이 "씨— 예 —." 하면서 바로 남은 음식을 싸서 준다. 이럴 수가! 너무 기뻤다. 한국 아줌마의 궁즉통이 스페인에서 먹히다니. 나름 6개월간 익힌 기초 스페인어가 쓸모가 있어서 내심 뿌듯했다. 싸온 음식은 바로 배고픈 팀원의 소중한 한 끼가 되어서 좋았다.

이층 베란다에 빨랫줄을 걸고 빨래를 넌다. 밖에서 보니 모양이 좀 빠지지만 달리 방법이 없다. 둘이 골목 산책길에 나선다. 마을 성당 뒤 동산 암벽에 조그만 창문이 나있다. 수도사들이 굴을 파고 칩거하면서 기도하던 곳이었나 보다. 새로 지은 3층 주택들은 화사한 파스텔톤으로 골목 가에 늘어서서 아름다움을 자아내고 오래된 성당 터나 유적지는 허물어진 대로 고풍스러운 멋을 풍긴다. 벨로라도는 옛것과 새것이 무경계로 자연스럽게 스며들어 마을 전체가 하나의 아름다운 예술작품이 된다. 모처럼 즐거운 일요일 오후다. 늦게까지 짐을 정리하고 잠을 청한다. 옆방 외국인 남자들 엄청 요란하게 코를 곤다. 우리 방도 만만찮다. 코 고는 소리에 지쳐서 잠이 든다.

4/24 일

도보 11일. 아니 저기 저건?

벨로라도에서 아타푸에르카까지 30.5㎞

예고된 거리, 30.5㎞에 시작부터 쫄린다. 7시에 출발한다. 티론강 오래된 석교 곁의 낡은 나무다리를 지나간다. 어둑새벽 동산 숲 우듬지 실루엣 사이로 여명이 검붉게 번져온다. 먼 산은 눈이 덮여 새하얗다. 최저기온이 4도라는데 체감온도는 영하다. 겨울 장갑 낀 손이 시릴 정도다. 흙길도 군데군데 얼어있다. 4월 말인데 참말로 얄궂은 날씨다. 시나브로 아침이 밝아온다. 꽃샘 추위에도 유채꽃밭은 시퍼렇게 잠기지 않고 노랗게 제 빛을 발하고 있다. 그래서 더 예쁘다. 파란 하늘에 새털구름을 가로지르는 하얀 줄이 죽 그어져 있다. 어, 비행기가 지나갔나? 쩡한 바람을 뚫고 밀밭 사잇길을 지나간다. 마을 카페에서 테콘레체— 따뜻한 홍차 —로 몸을 녹이면서 휴식을 취한다.

산길이 서서히 머리를 치켜든다. 오르막이다. 고갯마루, 연두 새잎에 흰 잔꽃 단 나무와 파란 하늘의 뭉게구름이 묘한 조화를 이루고 있다. 오까산 뻐꾸기가 지척에서 뻐꾹뻐꾹 운다. 뻐꾸기 울음소리는 스페인이나 우리나라나 똑같네. 바벨탑을 쌓아 신에게 다가가려던 인간만이 서로 다른 언어를 씀으로써 불통의 형벌을 받는 거지. 아니지. 신에게 도전장을 내민 인간의 무모함과 오만함이 인류 발전의 원동력이 된 거지. 온갖 생각이 꼬리에 꼬리를 물면서 흙탕길에 발자국을 점점이 찍으며 간다.

바람은 차가워도 지천인 보랏빛 방울꽃은 지금이 무르익은 봄날임을 증명한다. 산등성이 임도는 폭이 사차선 정도는 되어 보인다. 임도치고 상당히 넓다. 길 위에 주먹만 한 돌을 이어서 '힘내! ♡'라고 만들어 놨다. 어찌나 반갑고 고맙던지! 앞서가던 우리나라 순례자가 역지사지하면서 뒤에 오는 순례자를 격려하기 위해 만든 것이리라. 진심이 전해져 절로 힘이 난다. 정신이 오락가락하던 찰나, 아니 저기 저건? 이 높은 산등성이에 우리 대장 차가 있다. 그가 뜨끈한 누룽지탕에 익은 양배추 김치 한 접시를 우리 앞에 내준다. 길가에 쭈그리고 앉아 코를 훌쩍이며 허겁지겁 감지덕지하면서 먹는다. 세상부러울 게 없는 대체 불가한 맛이다. 어쩜 이리도 적절한 타이밍에 나타나 우릴 감동케 하는지! 감사하고 감사하다. 발걸음에 날개가 달린다.

고갯길에 예쁜 길 카페 하나가 짜잔 나타난다. 리트리버 강아지랑 남녀가 밴에 싣고 온 보온병 몇 개로 따끈한 커피를 팔고 있다. 예쁜 수공예 기념품도 함께. 참새가 어찌 방앗간을 지나치겠나! 따끈한 카페콘레체 한 잔에 행복 만땅이다. 행복은 우리 가까이에 있고, 값도 무지 싸다. 행복 바이러스가 숲속에 퍼져서 지나가던 순례자 모두 참새가 된다. 다들 근처 벤치에 앉아서 차 한 잔의 행복감에 푹 젖어든다.

오르락내리락 휘청거리면서 산 후안 데 오르테가 마을을 지나간다. 무너진 돌담 끝 수도원의 예배당을 지나고 또 솔숲을 지나니 먼발치에 아헤스 마을이 아련히 보인다. 거의 27㎞ 넘게 걸어왔다. 여기가 끝이었으면 좋으련만. 마을 입구의 예쁜 정원이 나를 슬프게 한다. 벤치에 주저앉았다. 숨을 가다듬으면서 그래, 남은 2.6㎞는 아무것도 아니다. 마음을 다지고 다지면서 몸을 일으켜 세워 걷는다. 아헤스 마을을 벗어나 아스팔트길 옆을 비실비실 걸어간다. 오래된 돌다리에 걸터앉아 친구랑 쉬면서 한 컷 남긴다. 둘 다 얼이 살짝 빠져있다. 표정관리가 안 된다. 당근밭인지 무지 넓은 경작지 사잇길을 하염없이 지나간다.

벌판에 입석들이 여기저기 널려 있다. 여기가 아타푸에르카 고고학공원이다. 아타푸에르카는 약 100만 년 전에 거주하던 현생 원시인류의 거주 흔적이 발견된 유적지로 세계문화유산으로 등재된 곳이다. 공원에 세워둔 입간판에 원시인류의 얼굴을 그려놨다. 곱슬머리에 눈은 부리부리하고 코는 뭉툭하며 입은 크고 두터운 모습이다. 호모사피엔스가 동북 아프리카에서 배를 타고 걸어 걸어서 이베리아반도 이곳까지 왔나 보다. 원시인류 유적지를 본 것보다 아타푸에르카에 도착한 것이 더 기쁘다. 다 왔다. 만세! 4시가 다 되어 간다.

우리 알베르게는 일 층으로 마당 넓은 집이다. 빨래 널기 딱 좋다. 침낭도 뒤집어 햇볕에 널어 말린다. 인근 바에 가서 까냐와 엔초비로 오늘 하루 잘 걸어낸 걸 축하하며 건배한다. 30.5km를 걷고 난 후 마신 까냐 한 잔의 맛은 기가 막힌다. 머리부터 발끝까지 시원하고 짜릿한 알코올 기운이 엔초비 짠맛과 함께 좍 퍼진다. 행복하다. 이 기분 좋은 취기, 어쩔 거야! 바에서 1.4유로로 엄청 큰 바게트도 산다. 맛도 있고 크기도 한 게 싸기까지 하다니, 횡재한 기분이다.

텅 빈 놀이터에서 땡글땡글한 햇살을 가르며 둘이 그네를 탄다. 손에 커다란 바게트를 들고서 깔깔대며 그네를 탄다. 힘주어 밀고 발로 박차면서. 얼마 만인가, 이리 신나게 그네를 탄 게? 누구도 의식하지 않고 완전히 자유로운 상태에서 맘껏 웃으며 그네를 탄다. 나이를 잊고 어린애가 된다. 너무 즐겁다. 카찬차키스의 묘비명, "나는 아무것도 두려워하지 않는다. 나는 아무것도 원하지 않는다. 나는 자유나."가 떠오른다. 그 순간 우리도 그랬다.

4/25 월

97

도보 12일. 이런 길조차 사랑해야 한다

아타푸에르카에서 부르고스까지 21㎞

7시경에 출발. 이른 아침 숲 우듬지 검은 수직선 사이사이로 수십 개의 크고 작은 검은 동그라미가 걸려있다. 뷰가 끝내주는 대단지 아파트, 새 둥지다. 영리한 녀석들, 전망 좋은 건 알아가지고! 아타푸에르카 산봉우리로 오르는 길은 울퉁불퉁한 돌길로 엄청 신경이 쓰인다. 랜턴을 비추며 조심스럽게 오른다. 삐끗했다간 바로 발목 부상이다. 산등성이에서 장엄한 일출을 목격한다. 돌무더기에 세워둔 나무 십자가 너머로 붉게 솟아오르는 태양. 그대로 경외와 경배의 대상이다. 어둑어둑한 일출 현장에서 다들 경건한 마음으로 저마다의 기도를 올리고 있다.

저 아래 지평선 안개 속에 아스라이 보이는 것이 부르고스는 아니겠지? 오늘은 21㎞이니까 어쩌면 부르고스일 수도 있다. 아침부터 혼자 김칫국부터 마신다. 착각은 자유, 하하. 근데 옆에 있던 가이드가 그렇다 한다. 우리가 해발 1,080m 산 정상에 있으니까 시야가 탁 트여 부르고스 외곽지대가 보인 거라 한다. 그렇구나! 저기까지라면 뭐 가뿐하네!

내려가는 길도 돌길이라 무릎과 발목을 조심하면서 천천히 내려간다. 아스팔트길을 걸어 카르데누엘라 마을 바에서 오렌지 주스와 하몬 보카디요를 조식으로 먹으면서 숨을 돌린다. 오르바네하로 가는 찻길은 인도가 확보되지 않아 지나가는 트럭들을 살피면서 갓길로 붙어 걸어간다. 부르고스 교외 지역 길가에 철조망을 쭉 쳐놓았는데 아마도 부르고스공항 부지인 듯하다. 아스팔트 찻길을 따라 비아프리아 공장지대까지 근 1시간 반을 땡볕 아래서 걷는다. 삭막해서 지루하고 힘들다. 산티아고 순례길 중 아마 워스트 로드로 기억될 듯하다. 시멘트 포장길, 철조망이 쳐져있고, 고압 전류가 흐르는 철탑길, 그늘 없는 땡볕길, 황폐하고 쓸쓸한 공장 외곽길. 그래도 뚜벅이는 이런 길조차도 사랑할 수밖에 없다.

부르고스로 진입하는 길이 좀 외지다. 숲길로 들어가다가 표지판을 놓쳐 살짝 헤맸다. 지나가던 아저씨를 붙잡고 길을 묻는다. "뻬르돈. 돈데 에스따 까떼드랄— 죄송한데, 대성당이 어디 있나요 —?" 아저씨 침을 튀겨가며 열심히 길을 가르쳐 준다. 또도 렉토 뭐라뭐라하며 빠르게 말한다. 그냥 "무차스 그라시아스." 했다. 친구가 날 쳐다보며, "알아들었나?" 한다. "아니, 못 알아들었다 했다." "뭣이라?" 둘이 빵 터졌다. 열성적으로 길을 알려주는 아저씨 실망할까 봐 알아들은 척한 거다. 그래도 눈치로 똑바로 가라 정도는 알아챘다. 가다가 아무래도 미심쩍어 공원에서 조깅하던 여인에게 다시 길을 묻는다. 그녀 역시 엄청 친절하게 알려주는데 빨라서 알아들을 수가 없다. 또 고맙다고 인사하고는 짐작대로 갔다. 그런데 그 여자가 다시 우리한테로 돌아온다. 어리바리한 내 표정을 읽었나 보다. 보디랭귀지로 손가락을 아래로 가리키며 입으로 슈웅 슈웅 소리를 낸다. 아하, 옆길 말고 다리 밑으로 바로 슈웅 가라는 거구나. 그녀가 보이지 않을 때까지 손을 흔들며 감사의 마음을 표한다. 다리 밑으로 가니 화살 표시가 나온다. 참 고마운 인연들. 순례자에게 보인 스페인 사람들의 친절함은 두고두고 생각날 거다.

공원을 가로지르는 강가 풀밭 길을 따라간다. 엄청 넓은 공원이라 벗어나는 데도 한참 걸린다. 다리를 지나 부르고스 신시가지 교차로에 진입한다. 모처럼 도심의 활기찬 풍경을 접하니 낯설다. 구시가지에 위치한 공영 알베르게까지 3.3㎞ 남았다. 마의 구간. 항상 마지막 남은 거리에 심신이 탈탈 털리고 이성적 판단은 무뎌진다. 게다가 인도가 대리석이어서 보기는 좋지만, 발바닥과 무릎과 발목에 엄청난 데미지를 입힌다. 통증이 발바닥과 발목에 전달된다. 아, 아프다. 정말 싫다. 느리게 걷는다. 좀체 거리가 좁혀지지 않는다. 멋진 부르고스 시가지 풍경이 눈에 잘 들어오지 않는다. 고행길이다. 절로 묵언수행 중.

저기 위엄을 갖춘 산타 마리아 대성당 첨탑이 어서 오라 손짓한다. 바로 뒤에 공영 알베르게가 있으니까. 인제 다 왔다 휴! 줄을 서서 방 배정을 받는다. 다른 팀원은 주로 4인실인데 운 좋게 우리 둘은 2인실에 배정됐다. 웬일이니! 마구 자랑했다. 문 없이 앞뒤가 탁 트이긴 했지만 넘치게 감사할 뿐이다. 건조대도 득템해서 방 앞 햇빛 가득한 통로에 빨래를 맘껏 널 수 있다. 방 옆에 쓰레기통까지 있다니. 오늘은 운수 좋은 날이다. 늦은 점심으로 마른 빵에 치즈와 고추장을 곁들여 먹고 사과와 삼색커피로 디저트까지 완벽하게 챙겨 먹는다. 고생한 몸에게 이 정도는 보상해 줘야지.

스페인에서 세 번째로 크다는 산타 마리아 대성당과 박물관 관람에 나선다. 숙소 바로 앞에 우뚝 서있는 산타 마리아 대성당은 화려한 고딕 양식으로 부르고스를 대표하는 건축물이다. 대성당 첨탑과 아치형 창문과 외벽을 장식하는 조각들이 화려함과 장엄함의 극치를 보인다. 경외심에 절로 고개가 숙여진다. 엄청난 규모와 외형에 기가 팍 죽는다. 걷느라 에너지를 거의 쓴 상태라 대성당과 박물관 관람을 하려면 남은 힘을 다 짜내야 한다. 몸은 순식간에 마음과 영혼을 잠식한다. 티켓을 끊으면서 허약한 정신도 끊는다. 대성당 안에 크고 작은 예배당이 엄청 많다. 대주교구의 중심지라더니 대주교들 초상화가 전시된 곳이 눈에 띈다. 황금빛 제단으로 된 기도실, 목조각품으로 된 기도실, 석조각으로 된 기도실, 수많은 성물과 성화가 전시된 박물관 등 엄청난 전시물에 과부하가 걸려 정신이 몽롱해진다. 기독교에 대한 기본적인 지식이 부족한 데다 이미 몸이 지쳐 반쯤 얼이 빠진 상태니 그저 지친 다리를 끌며 눈팅만 할 따름이다. 수박 겉도 힘이 남아있어야 핥기라도 할 텐데, 에고!

광장 스페인 햇살이 살인적이다. 뜨겁다 못해 따갑다. 공원길에 멋있게 전지되어 있는 나무들 바로 설치 예술품이 된다. 한 컷 한다. 스페인 현지인들은 그늘 있는 벤치에 여유롭게 앉아 있거나 야외 테이블에서 술 한 잔을 두고 환담을 나누고 있다. 한가로운 오후, 광장의 일상적인 풍경이다. 마로니에 길을 따라 골목 상가로 들어간다. 친구가 숙소에서 입던 원피스를 잃어버려 편한 원피스를 사자고 한다. 가게를 이리저리 해찰하기 좋아하는 친구 손에 끌려 옷가게 망고에서 공금으로 예쁜 원피스를 하나씩 샀다. 19.9유로에 우리는 다시 입이 귀에 걸리는 소녀가 된다. 공짜선물을 받은 것처럼 기뻐하며 숙소로 돌아간다.

다리를 절뚝이면서 가다가 부식 가게에 들른다. 사과, 바나나, 토마토를 사고 하몬에다 절인 고추 한 병도 산다. 저녁을 레스토랑에서 먹으려면 한참 기다려야 하는데 그럴 힘도 여유도 없어서 숙소로 돌아가 해결하기로 한다.

둘이 씻고 새로 산 원피스를 걸치고는 여자 팀원에게 자랑질을 한다. 근데 속치마 대신 밑에 몸빼 바지를 입어 모양이 좀 빠진다. 그래도 즐겁다. 다들 싸고 예쁘다고 한다. 방바닥 신문지 위에 사 온 식재료로 정성껏 저녁상을 차린다. 원피스를 입고 머리에는 헤드 랜턴을 쓰고[6] 신문지 밥상에 마주 앉아 간단한 기도를 올리고는 둘만의 황홀한 만찬을 즐긴다. 지나가던 팀원이 웃으면서 사진을 남긴다. 잊지 못할 저녁 한 상이었다.

오늘 예정된 거리는 21km인데 대성당 관람과 시내 산책으로 4km가 더해져 25km를 걸은 셈이다. 피로도는 거리에 비례하는 것이 아니라 어떤 종류의 길을 걸었는지에 비례한다. 다리가 많이 뭉치고 발가락이 아린다. 겔파스를 다리와 어깨에 떡칠을 하고 잠자리에 든다. 떡실신 해야 마땅하나 잠이 쉬이 들지 않는다. 양보다 질이 중요하지. 끙끙대며 스스로를 위로한다. 부르고스의 밤이 깊어만 간다.

4/26 화

---

6   알베르게 주방은 사용 불가한 상태이고 침대칸에는 개별 등이 없어서 어두운 상태다.

도보 13일. 하루를 발 공사부터

새벽에 화장실을 들락거리면서 무른 변을 본다. 한 4시간 반 정도 잤나 보다. 산티아고 순례길을 무사히 걸어내야겠다는 결의가 몸을 각성시킨 탓인지 아침 6시면 자동적으로 깬다. 적은 수면 시간과 불편한 수면환경임에도 불구하고 그다지 피곤하지 않다. 기상 시간이면 몸이 자동적으로 리셋되어 또 하루를 어김없이 열게 된다. 발 공사부터 한다. 다리에 겔파스를 바르고 발바닥엔 파스를 붙이고 압박붕대로 아픈 발가락만 건너뛰며 말고 무지외반으로 튀어나온 곳엔 밴드를 붙인다. 인젠 이골이 나서 공사가 금방 끝난다 하하.

바나나 한 개와 키위 사과, 반 개 삼색커피 2봉지를 탄 커피 한 잔으로 완벽한 아침 식사를 한다. 7시 25분 출발. 공영 알베르게 정문에 기대어 웃으며 사진을 남긴다. 남편이 이 사진을 대성당에서 찍었다고 착각할 정도로 고풍스러운 멋이 풍기는, 아치형 격자무늬 나무문이다. 오늘도 파이팅! 스스로 다지면서 길을 나선다. 어스름 기운 속 신비감마저 감도는 산타 마리아 대성당. 위엄과 아름다움과 웅장함을 간직한 건축물 앞에서 절로 고개 숙이며 기도하고 간다.

대성당 후면 왼쪽 길을 따라 새 둥지를 꼭대기에 인 아치문을 지나 도로 따라 내려간다. 근데 정장 차림의 신사 한 분이 그쪽으로 가면 안 되고 사이로 난 계단길을 따라 내려가야 한다고 몸짓으로 성심껏 알려준다. 감사하다. 시작부터 엉뚱한 데로 샐 뻔했다. 매너가 신사를 만든다더니 겉만 신사가 아니라 속도 신사다. 미남이 매너까지 좋다니! 달리 감사를 표할 길이 없어 주절거리면서 간다.

문양을 새긴 석조 조형물을 에워싸고 있는 둘레석이 남근을 닮아 좀 의아했다. 여기도 우리나라처럼 남근 숭배사상이 있남? 파랄 공원 석조다리 아래 강물이 콸콸거리며 흐른다. 부르고스가 옛 카스티야 왕국의 수도였던 이유를 알겠다. 천혜의 자연환경 덕분이다. 풍부한 수량과 바람과 햇볕, 넓은 땅과 건축에 필요한 자재인 돌과 나무가 지천인 곳이니 자연히 정치적 종교적 중심지인 수도가 될 수밖에. 공원 인공 못의 추상적인 조각품보다 공원 산책길에 쭉쭉 뻗은 나뭇가지와 연두 새잎이 더 아름답고 멋지다.

우엘가스 수도원 곁을 걸으면서 부르고스 전체가 유적지임을 절감한다. 어느 것 하나 고풍스러운 멋을 풍기지 않는 데가 없다. 또 기죽는다. 기죽어도 좋다. 행복하다. 부르고스 전체 경관을 헤치지 않으려는 듯 부르고스 대학 건물이 나지막하다. 시내 대리석길과 아스팔트길, 보도블록길과 시멘트길이 발을 고문한다. 마침내 시가지를 벗어나 외곽 흙길이 나온다. 살았다. 흙길이나 자갈길보다 더 나은 건 잡초길이다. 잡초길은 레드카펫이고, 장미꽃길이다.

누군가 내게 묻곤 한다. 불편한 발로 왜 그리 멀고 힘든 길을 가려 하냐고? 묻지 말고 한번 걸어보라 한다. 길이 얼마나 많은 사람을 만나게 하는지, 얼마나 다양한 날씨와 기막힌 풍광을 선물하는지! 머무르고 멈추어 있으면 결코 맛볼 수 없는 기쁨과 환희는 몸의 고통을 충분히 감수하게 한다. 그러니 걸을 수밖에. 나는 변화를 두려워하지 않는다. 이성보다 직관과 감정에 더 충실하다. 직관과 감정이 나를 망설임 없이 길 위에 서게 한다. 이 바람과 햇살과 향기를 함께 보고 느끼는 도반까지 곁에 있으니 이보다 더 좋을 순 없다.

걷다 보면 순례자가 한 명도 보이지 않고 노란 화살표도 보이지 않을 때가 있다. 밭에서 일하던 농부 아저씨께 길을 묻는다. 또도 렉또, 손을 뻗으며 길따라 쭉 가라고 한다. 지구촌 이웃사촌끼리는 말이 크게 중요치 않다. 진심은 눈빛이나 몸짓, 미소로도 얼마든지 전할 수 있다. 길가 고목이 연두 잎을 단 다른 나무와 달리 적갈색 잎을 달고 있다. 낙엽 같아 보여도 윤기가 좔좔 흐르는 엄연한 새잎이다. 사랑스럽다. 그 위로 쌍둥이 로봇 모양의 철탑이 나란히 길을 걷고 있는 우리 둘을 닮아있다.

하늘이 점점 흐려진다. 날씨가 심상찮다. 근 3시간 만에 타르다호스에 도착한다. 바에서 엔초비와 까냐, 또띠야와 카페콘레체로 시원 짭조름하면서 달콤한 휴식시간을 가진다. 한 40분 정도 을씨년스러운 밀밭길을 말없이 걷다 보니 라베 데 라스 칼사다스를 알리는 입간판이 있다. 순례자 철조각상과 마을 안내판조차 예술이다. 여기서부터 메세타 고원이 시작된다고 한다. 메세타는 스페인 중앙부에 위치하며 평균 고도 800m에 놓인, 건조하고 거대한 고원지대다. 레온까지 계속 이어진다고 한다. 산지로 둘러싸인 고원이라 기온 차가 심하다고 한다. 그렇다면 메세타 고원길은 내게 편한 길일까 힘든 길일까? 모르겠다.

포장길을 따라 멍 때리며 가다 보니 마을 어귀에 조그만 분수가 노랗고 빨간 튤립 꽃밭 속에 놓여있다. 분수라기에는 너무 작다. 샘은 말라있고, 샘의 조각은 좀 무시무시하다. 가운데는 절규하는 인간의 두상이 수십 개 부조로 조각되어 있고, 곁은 지옥문을 지키는 대가리 셋 달린 개, 케르바로스 같은 게 아가리를 벌리고 있는 형상이다. 지옥을 본 느낌이라 소름이 돋는다. 착하게 살라는 경고인 건가? 우리가 사는 세상이 고해임을 알리는 건가? 날씨조차 험상궂다.

경작지 길가에 농기구 폐자재를 활용한 설치 예술품이 전시되어 있다. 멋있다. 농장 외벽에 아인슈타인과 간디, 마틴 루터 킹 목사의 초상화가 별이 빛나는 푸른 밤하늘을 배경으로 크게 그려져 있다. 한쪽에는 자그맣게 순례자도 그려놨다. 위안이 된다. 그래, 저런 분의 희생과 헌신 덕에 오늘 내가 이베리아반도 스페인 산티아고 순례길을 걷고 있는 거다. 이 세상은 선구자가 밝힌 불빛을 보고 함께 손잡고 나아가는 거구나. 스산하던 분위기가 순간 밝고 충만한 기운으로 바뀐다.

메세타 고원 지난한 밀밭길을 끝도 가도 없이 걸어간다. 제 무게를 못 이긴 먹구름이 풍력발전기가 바람개비처럼 돌고 있는 지평선 끝까지 내려와 있다. 내리막길에 끝내 비가 쏟아지고 만다. 급히 판초를 꺼내 입는다. 저 멀리 비안개 속에 오르니요스 델 카미노가 아스라이 그 모습을 드러낸다. 스산하다. 감기 들기에 십상이라 허겁지겁 내려간다. 1시 반에 알베르게에 도착했다. 숙소 식당에서 점심으로 밑반찬은 있는 대로 꺼내 빵과 누룽지탕과 함께 먹으면서 지친 몸을 달랜다. 빨래는 숙소 주인에게 돈 주고 맡겨도 된대서 바로 맡기고 침낭을 펴고 바로 드러누웠다. 옥이 몸살 기운이 있다 한다. 저녁 때까지 계속 쉬었다.

7시 숙소 식당에서 대장이 준비한 저녁 만찬이 벌어진다. 화이트 와인과 엔살라다 전식으로 입맛을 돋운다. 소믈리에인 대장의 와인 설명을 들으면서 화이트 와인맛을 음미한다. 으음! 크림 스프에 빠에야, 레드 와인과 오이양파 무침에 오늘 만찬의 하이라이트인 시원한 대구탕까지. 대구탕은 화룡점정 끝판왕 맛이다. 대장의 순례자를 위하는 진심이 맛있게 우려낸 대구탕 한 그릇에 다 담겨있다. 그간의 노독이, 오늘의 추위와 피로가 싹 가시는 최고의 맛이다. 대장은 얼큰하고 시원한 대구탕 한 그릇의 추억으로 남을 거다. 가볍게 산책하고 돌아와서 친구는 일찍 쉬러 간다. 나는 몇몇 팀원과 함께 대장이 준비한 또 다른 이벤트 딥 와인 시음회에 참여한다. 순례길의 의미에 대해 이런저런 이야기를 나누고 내일 길 정보도 얻는다. 기분 좋은 취기를 느끼며 헤어진다. 소등 시간이다. 자야지.

4/27 수

도보 14일. 다만 길신 손에 이끌려

오르니요스 델 카미노에서 카스트로헤리스까지 21㎞

조식 먹으러 주방에 갔는데 어두컴컴하다. 다들 스위치를 못 찾아 우왕좌왕한다. 이때 짜잔 하고 든든 엄마의 짱 아들 젊은 혁이 나타나 불을 척 켜준다. 아나 참, 다들 왜 이리 시원찮지? 스위치도 못 찾고. 짱 아들 아니면 컴컴한 데서 아침 먹을 뻔했네. 폭풍 칭찬을 한다. 사실 고학년들 대부분 이 아들의 도움을 이래저래 받았다. 아무튼 우리는 더불어 살아야 한다. 조식이 좀 허접하다. 마른 빵에 쨈, 버터 대신 마가린이라니! 그래도 먹어둬야지. 출발하려는데 부슬비가 내린다. 다시 들어와 판초와 스패츠를 착용하고 길을 나선다.

오르니요스 델 카미노 마을의 산타 마리아 성당과 광장 앞을 지나간다. 광장에 세워둔 지구본 위의 수탉 조각상. 첫새벽을 알리는 수탉의 우렁찬 울음소리에 삼라만상이 다 깨어난다는 건가? 오르락내리락 평원길을 걸으면서 홀로 나를 마주한다. 너, 무얼 바라 지금 여기서 찬비 맞으며 걷고 있냐? 딱히 뭘 바라는 건 아니야. 다만 길신 손에 이끌려 걷고 있는 것 같아.

양족존(兩足尊)이신 나의 스승, 붓다에게 귀의하고픈 마음이 가슴 저 밑바닥에서부터 인다. 제자리에서 각자 자신의 생을 살아내고 있는 남편과 아이들이 그립다. 돌아가신 아버지 생각도 난다. 불현듯 겨울 새벽에 일어나 아침 공부를 하는 어린 딸들을 위해 아버지가 끓여주시던 뜨끈한 김치국밥과 꾀가 나서 넘어진 나를 자전거에 태워주시던 아버지의 따뜻한 등이 너무 그립다. 밥상 차릴 때 까불다가 엄마한테 스테인리스 국그릇으로 머리통을 얻어맞고는 악쓰며 울던 어린 나도 그립다.

진흙덩이 잔뜩 묻은 등산화 속 발한테 미안하다. 하지만 내 발에게 이 광활한 메세타를 직접 누빌 기회를 준 건 잘한 일이지 않나? 네가 어디 가서 이렇게 광대무변한 평원을 원 없이 걸을 수 있겠냐! 흐트러진 돌무덤 위 쓸쓸한 비목 하나가 두서없는 추억의 조각들을 내리치면서 눈물샘을 건드린다. 감사해서 뚝, 그리워서 뚝뚝, 미안해서 뚝뚝뚝, 행복해서 뚝뚝뚝뚝. 눈물이 떨어진다. 주책바가지. 내 바가진 얇아서 눈물방울이 자주 샌다. 비는 내리고 판초는 후드까지 뒤집어써서 아무도 우는지 모른다. 신경 쓰지 않아도 된다. 걸음은 무겁지만, 마음은 조금씩 가벼워진다.

구불거리는 메세타 고원 밀밭길은 지루해도, 자갈 섞인 흙길에 잡초가 깔려있어 걷기는 좋다. 판초는 거추장스럽긴 하나 바람을 막아 체온을 유지해줘서 좋다. 또 하나 가다가 길가에 살포시 앉아 노상방뇨를 할 수 있어서 좋다. 남들은 쉬는 줄 알겠지 훗! 2시간 넘게 걸었다. 온타나스 마을에 들어선

것 같은데, 마땅히 쉴 곳이 보이지 않는다. 뒤돌아서 "문옥아!" 하고 크게 불렀다. 친구는 없고 외국인 여인 하나 내가 민망할까 봐 미소 지으면서 "올라!" 한다. 헐, 겸연쩍어 나도 웃으며 "올라!" 한다. 길모퉁이에서 친구가 보인다. "날이 추우니 사탕을 꺼내먹든지 물이라도 마셔라." 한다.

먹구름 낀 하늘 아래 천지 사방이 다 시퍼런 밀밭이다. 외롭다. 좀 떨어진 벌판에 집 한 채가 어렴풋이 보인다. 제발 쉴 수 있는 곳이길 빌면서 그쪽으로 허둥지둥 달려갔다. 친구는 아닌 것 같다며 헛걸음 말라고 말렸지만, 그냥 뛰어갔다. 다행히 바다. 안도한다. 날도 궂은데 제때 못 쉬면 큰일이다. 더구나 친구가 감기몸살을 앓고 있으니. 보카디요와 테콘레체로 한기와 허기를 달랜다. 담벼락의 스페인 국기가 바람에 귀가 다 닳은 채 애처롭게 펄럭이고 있다. 화장실에서 비우고 다시 바람길 위에 나선다.

비는 그쳤지만 바람은 여전히 차다. 판초를 그대로 입고 걷는다. 아담한 분지마을인 온타나스로 들어가는 내리막길이 나온다. 골목길이 죄다 반듯한 돌벽이다. 맑게 갠 하늘 아래 언덕길도 성벽처럼 나지막하게 에워 쌓여 있다. 성모승천 성당의 시계탑이 10시 40분을 가리킨다. 마을을 벗어나니 다시 평원길이다. 산티아고까지 457㎞ 남았다고 안내판이 알려준다. 한 이틀 더 걸으면 절반은 걸은 거겠네. 놀랍다! 가로수가 있는 포장도로가 나온다. 연두터널을 이룬 가로수길이 예뻐서 무심코 따라가다가 친구한테 혼이 났다. "연미야, 이리 온나. 표시도 안 보고 자꾸 어디로 가노?" 한다. 앗, 실수. 참으로 든든하고 침착한 친구다, 홍실이는.

낡은 돌기둥과 돌무더기로만 남아있는 산 미겔 유적지를 지난다. 포장길 따라 한 30분 정도 가니 파괴된 채 일부 잔해로 남아있는 안톤 수도원이 나온다. 엄청 크고 웅장한 수도원이었나 보다. 아치문이나 허물어진 벽 장식만 봐도 과거에 무지 영화로웠던 수도원이었겠다. 중세시대 피부병을 치료하던 병원으로 유명했던 이곳이 무어인과의 전투로 파괴되어 잔해로 남아있어서 많이 안타깝다. 포장도로를 1시간 이상 터덜터덜 걷는다. 둘이 얘기를 주고받으며 길을 조금씩 접어간다. 부부지간의 믿음과 사랑이 화제가 된다. 수십 년간 결혼생활을 유지해 온 것은 기적 같은 일이며, 우리는 복 받은 사람이라는 점에 공감한다. 지쳐서 무심결에 나온 헛소리 같지만 진심이다. 길이 우리를 철들게 한다. 저 앞 산기슭에 카스트로헤리스가 보인다. 무어인과 가톨릭

교도 사이에 무수한 전투가 벌어진 요새마을이라더니 언덕 위 성채도 파괴되어 흔적만 남아있다.

산타 마리아 델 만사노 성당을 찾아가는 양양 언니를 따라가다가 길을 좀 헤맸다. 배가 싸하다. 볼일을 봐야 하는데 알베르게까지 남은 길 1.2㎞다. 생지옥이 따로 없다. 괄약근에 힘을 주고 땀을 삐질삐질 흘리며 걷는다. 게다가 골목이 대리석길이라 환장하겠다. 알베르게에 도착하자마자 화장실로 직행한다. 하마터면 옷에 쌀 뻔했다. 다른 이들은 성당도 가고 산등성이 무너진 성채도 보러 간다. 우리 둘은 가까운 레스토랑에 가서 제대로 된 순례자 메뉴를 시켜 먹고는 휴식하기로 한다.

저녁도 주방에서 스페인산 뽀요컵 라면과 얻은 김치볶음밥으로 해결하고 일찌감치 침대에 드러눕는다. 침대에서 디저트로 감자칩과 함께 진한 삼색커피를 맛보면서 천국을 경험한다. 일어나기 싫어도 내일 간식거리는 마련해 둬야지. 느긋하게 인근 가게에 가서 부식거리를 산다. 바나나, 오이, 밀감에 계란 12개까지. 숙소로 돌아와서 계란을 삶아 절반은 판다고 너스레를 떨자 다들 빵 터졌다. 서로 사겠다 난리를 친다. "삶은 계란 1개, 1유로요." 하니, 저기서 든든 엄마, 자기는 다용도 포트로 계란을 대량 삶아 더 싸게 팔겠다 한다. 상도에 어긋난다며 여기저기서 배를 잡고 웃고 난리다. 써니 언니는 팔뚝만 한 빨간 파프리카를 치켜들고는, "요래, 큰 놈 본 적 있남?" 자랑한다. 침대 방이 폭소로 왁자지껄하다.

침대 방은 낡은 헛간을 개조한 듯하다. 천정이 엄청 높다. 하얗게 회칠한 천장 나무 서까래가 상당히 운치 있고 고풍스럽다. 아름다운 방이다. 문제는 우풍이 세서 방 안 공기가 싸하다는 거다. 한옥의 우풍 같은데 온돌방이 아니니 찬기가 더 심하다. 이날 밤 여기서 감기 환자가 속출했다. 이 밤이 나중에 화근이 될 줄이야! 코 고는 소리 사이로 여기저기서 기침 소리가 들린다. 친구도 기침을 한다. 걱정이다. 목 수건을 하고 침낭 지퍼를 머리끝까지 채우고 겨우 잠이 든다.

4/28 목

도보 15일. 안개만이 자욱한 길을

7시 조금 넘어 알베르게를 나오는데 프론트에서 어제는 보지 못했던 게 눈에 들어온다. 벽에 불두상 조각이 걸려있다. 산티아고 순례길에서 붓다를 뵙다니 좀 놀랍고 기쁘다. 부처님 가피가 맘은 늘 탱천한 뚜벅이에게 가득 내려지길 빈다. 오리무중(五里霧中)의 아침. 안개가 골목길 바닥에까지 깔려 있다. 산토 도밍고 성당박물관과 시청사를 곁눈질하면서 마을을 빠져나온다. 앞서가던 순례자가 미루나무 가로수길 자욱한 안개 속으로 사라져 보이지 않는다. 오드리야강 이끼 낀 나무다리를 건넌다.

빛바랜 흑백사진처럼 거뭇한 모스텔라레스 언덕이 안개 속에 아스라하다. 고도 800m의 카스트로헤리스에서 900m의 모스텔라레스 언덕까지는 나지막한 오름길이다. 정훈희의 「안개」 가사처럼 안개만이 자욱한 길을 나 홀로 외로이 오른다. 한 시간 만에 고갯마루에 도착한다. 시야가 확보되지 않을 정도로 흐리다. 기념비를 지나니 정상에 작은 쉼터가 있다. 이런 날씨면 어김없이 날궂이를 하느라 배가 아프다. 화장실이 없어 급하게 숲속으로 달려가 길똥을 눈다. 다행히 위기는 모면했다. 언덕 위에서 아래를 내려다보니 내가 안개 속을 걸은 게 아니라 구름 속을 걸은 거다.

안개가 조금씩 걷히자 파란 하늘 흰 구름 아래 초록 카펫의 밀밭이 펼쳐진다. 가운데 갈색 구렁이 같은 외길이 지평선 끝까지 구불거리며 기어가고 있다. 아, 어쩌란 말이냐! 앞을 내다보고 가는 길은 너무 힘들다. 차라리 모르고 가는 게 낫지. 이 징한 놈을 보지 말아야 하는데. 바로 순응하면서 마음 비우고 내려간다. 내 발로 걷는 것 외에 다른 방법이 없어서 오히려 마음이 편하다. 하릴없이 걷고 또 걷는다. 보랏빛 라벤더 꽃무리가 나를 위로한다. 피오호샘 야외쉼터에서 꺼내 먹은 달콤한 사과와 귤 반쪽이 나를 위로한다. 목이 컬컬하고 쉰 소리가 난다. 친구가 감기 걸렸으니 나도 걸릴 확률이 백 프로라 봐야 한다. 같이 먹고 같이 자니까. 혹시 오미크론이더라도 지금 걸려서 일주일 정도 관리하면 출국하는 데 지장이 없을 거다. 맘 편히 먹고 간다.

밀밭길만 주야장천 2시간 이상 걷다가 산 니콜라스 예배당이 나오니 반갑다. 그 뒤에 피수에르강 석교가 있다. 이 강이 부르고스주와 발렌시아주의 경계라고 입간판이 알려준다. 벌써 네 번째 주에 들어서다니! 흰색 노란색 회색 꽃무늬 돌이끼가 한몫을 해서 석교가 한층 더 고풍스럽고 우아하다. 세월의 더께 속에 인위가 자연에 스며들어서 절로 자연의 일부가 되어버린 풍경이 참으로 아름답다. 외국인 순례자에게 "운 포또, 뽀르 파보르— 사진 한 컷 부탁해요 —!" 하니 상냥하게 바로 찍어준다. 우리도 찍어준다. 상부상조로 피수에르강 석조다리에서 추억 한 컷을 남긴다.

  강을 건넌다. 이제는 발렌시아주를 걷고 있는 거다. 하. 이테로 데 라 베가 마을로 향한다. 마을 이름을 벽화로 그려놓은 것이 예쁘다. 마을 어느 바의 입구 길바닥에 노랑 화살표시를 칠해 놓았다. '자기네 바로 요리 조리 오세요.' 하고 유혹한다. 주인의 깜찍한 호객행위에 웃음을 터트리며 유혹당하기로 한다. 가자 들어가자. 테콘레체 한 잔으로 한숨을 돌리고는 다시 일어나 걷는다. 폭이 제법 넓은 피수에르 강 갓길을 따라 하염없이 걷는다. 이 수로는 과거 농업용수 공급 목적으로 건설했다가 지금은 관개용수로 이용하고 있다 한다. 고도가 높아서 그런지 밀은 아직 덜 익었고, 유채꽃도 이제 막 피기 시작한다. 누군가가 밭두렁길 자갈돌에 부엔 까미노라 써뒀다. 조만간 지워지겠지만, 지친 순례자에게는 큰 위로가 된다. 멈추어서 바라보며 긴 숨을 내쉰다. 힘내자 다짐하게 된다. 햇볕은 쨍쨍하고 나는 멍멍하다.

  한 시가 다 되어간다. 보아디아 델 카미노 마을이다. 병원으로 쓰이던 거대한 성당 앞 바에서 까냐와 또띠야를 시킨다. 카운트 직원에게 "깐또 께스따— 얼맙니까 —?"하니까 그가 우스꽝스럽게 입을 앞으로 쭉 내밀고는 힘주어 "꾸안또 꾸에스따." 한다. 정확한 발음을 알려주려나 보다. 눈을 마주 보며 웃는다. 나도 과할 정도로 입을 내밀고 따라 발음하니까 그가 기분 좋게 웃는다. 또띠야는 퍽퍽해서 별맛이 없다. 땀을 많이 흘려 까냐만 땡긴다. 둘

다 많이 지쳤다. 밥숟가락 놓으면 죽는다던 엄마 목소리를 떠올리면서 억지로 먹으려 했는데 목이 막혀서 그만 먹는다. 밥심으로 버텨야 하기에 한 시간쯤 더 가서 제대로 된 레스토랑에 들러서 촉촉하고 맛있는 오므라이스로 부족한 점심을 보충한다.

땡볕이 무지막지하다. 산타 마리아 성당 텅 빈 광장에 세워둔 돌기둥이 꽤나 인상적이다. 돌기둥을 장식하는 문양이 몹시 현란하다. 중세 사법권을 상징하는 재판의 돌기둥으로 로요(rollo)라 부른다. 위엄이 느껴진다. 권위나 권력은 엄청난 공임을 들여야 발현되나 보다. 마을길 끝 둔덕 노란 민들레꽃 밭에서 양 떼의 청아한 방울 소리가 당그랑당그랑 울린다. 슈타이너가 『12감각』에서 청각은 정신감각에 속하는 감각으로, 외부 물질의 소리가 귀를 통과하면서 점점 더 깊이 내면화되면서 궁극적으로는 물질의 본질을 드러낸다고 했다. 그렇다면 저 영롱한 방울 소리는 궁극적으로 내게 어떤 의미를 전하는 걸까? 비워야 맑아진다? 비워야 너랑 만날 수 있다? 잘 모르겠다. 그냥 소리가 맑아서 좋다.

물줄기를 내기 힘든 곳은 기둥을 받쳐 허공에 인공수로를 조성해 놨다. 대단하다. 그러다 냇가가 있으면 다듬어서 수로로 쓰고 있다. 가스티야 수로 갓길은 넓고 평탄한 흙길이어서 발바닥을 괴롭히지는 않는다. 그런데 너무 지루하다. 두 팔을 쳐들고 서있는 미루나무는 가는 젓가락만 한 그늘밖에 만들지 못해서 땡볕 세례를 고스란히 받으며 걷는다. 그나마 잡초가 즈려 밟혀줘서 고맙다. 멍 때리며 걷는다. 수로의 수면에 어린 갈대와 미루나무는 일말의 흔들림도 없이 그저 평온하기만 하다. 내 속과 다르다. 이 지난한 수평의 땡볕 길을 줄이려고 나만의 걷기 방식을 짜낸다. 어깨를 한 번 털어 퉁기며 스틱으로 땅을 찍고 당기면서 걷는다. 난 더 이상 사람이 아니고 머신이다. 걷기 동작에 리듬까지 보태 구령을 부치며, 퉁기고~ 찍고~ 땡기고~ 고고~. 혼자 궁시렁대며 외로이 하염없이 걷고 또 걷는다. 거리가 조금씩 줄어든다. 저 끝 선착장에 배가 보인다. 마침내 프로미스타인가 보다. 수문 위를 걸어서 가스티야 수로를 건너간다. 여기부터 피안의 세계인 건가?

아스팔트길을 따라간다. 등이 따갑다. 햇볕에 온몸이 익는다. 정신은 벌써 나가고 없다. 기찻길 굴다리를 지나 프로미스타 중심가까지 왔다. 교차로를 지나니 산마르틴 성당이 거룩하고도 위엄 있게 자태를 드러낸다. 거대한 성당 자체가 요새 같다. 일단 우리 알베르게를 찾아야 한다. 마을 안 골목길에서 숙소를 코앞에 두고 헤매며 돌았다. 마침내 우리 알베르게를 찾았다. 한옥 같은 느낌의 대문을 지나 숙소 마당에 들어선다. 3시 30분이다. 또 하루를 걸어냈다.

급히 세탁을 맡기고 카고 백에서 속옷을 꺼내려는데 식초 냄새가 확 풍긴다. 오 마이 갓! 카고 백에 넣어둔 절임 고추 병이 깨졌다. 대형 참사다. 친구는 침대에 몸져누워 있어서 혼자 수습에 나선다. 근데 옆에서 누워있던 팀원 하나가 "언니, 아끼다 똥 됐네!" 한다. 자기 딴엔 우스갯소리라지만 언짢았다. 도와주지는 못할망정 초를 치지는 말아야지. 그래, 이러고 있을 때가 아니지. 성한 옷은 따로 두고 젖은 옷은 부랴부랴 물빨래해서 볕 좋은 마당에 넌다. 주역카드 케이스와 책 커버와 노트가 좀 젖었다. 얼른 닦아서 바람 부는 창가에 널어둔다. 침낭은 빨 수 없어 뒤집어 난간에 펴서 말린다. 깨진 병은 신문지에 싸서 버린다. 혼자서 발바닥 불이 난 정도로 정신없이 왔다 갔다 하며 뒷수습을 했다.

새콤달콤한 절임 고추가 맛있어 마트에서 사서 반찬으로 애용했다. 나눠 먹다가 모자라 한 병 더 산 거였는데. 옷가지에 싸서 카고 백에 넣었기 때문에 나름 안전하다 여겼건만. 카고 백이 밴 안에 스무 개 이상 포개져 있으니 깨질 수밖에. 내 잘못이다. 대장이 와서 미안하다 한다. 조심하지 않은 내가 더 미안하다 했다. 이 정도로 마무리되어서 다행이다. 창가 의자에 앉아 겨우 한숨을 돌리고 있는데 똥파리 한 마리 코앞에서 심하게 알짱거린다. 식초 냄새를 맡은 건가? 얼김에 휘둘렀는데 바로 압사했다. 나한테 당하다니, 미안하다. 어쩔 수 없다, 허.

친구가 일어났다. 저녁을 준비한다. 오이와 멸치볶음, 고추장 양념 홍합 캔, 컵라면을 끓여 맛있게 먹으면서 오늘 하루의 피로와 사고의 기억을 떨어낸다. 후식으로 센 언니⁷가 최신형 버너로 끓여준 삼색커피 한 잔에 행복해진다. 아로마 발팩까지 선물로 받아 고생한 발을 호강시킨다. 기분 좋게 마른 빨래를 걷고 식초 냄새가 약간 남아있는 침낭을 펴고는 잘 준비를 한다. 식초가 침낭을 소독해 주겠지 하면서. 친구 잔기침이 그치지 않는다. 에고!

4/29 금

---

7 나보다 어린데 보스 기질이 있는 이로 항상 선두를 달려야 성이 차는 여인에게 붙인 별명이다.

도보 16일. 일 초의 망설임도 없이

처음으로 한 번도 안 깨고 잘 잤다. 6시 기상. 주변에서 부스럭거리면 AI 처럼 따라 일어나 출발 준비를 한다. 어김없이 다리 보수공사부터 한다. 끝나고 나면 짐 꾸리기 작업을 하고 얼굴은 간단히 물 세수로 끝낸다. 머리맡에 챙겨둔 옷을 주섬주섬 입고는 바나나와 계란으로 아침을 간단히 챙겨 먹는다. 일찍 7시에 숙소에서 나선다. 오늘은 19.5㎞라 맘이 한결 가볍다. 어슴푸레한 마을 골목 어귀에서 구구 왜왜 멧비둘기 울음소리가 들려온다.

국도변 입간판에 카리온 데 로스 콘데스를 직진 화살 표시로 안내하고 있다. 오늘은 대부분 국도변의 넓은 직선길인가 보다. 어린 왕자의 B612 별이 생각난다. 이 지구별이 어린 왕자의 별만하다면 금방 다 돌아버리겠지. 그럼 나도 목적지까지 가로등 한 개 켰다 끌 시간에 도착하고. 어이구, 이놈의 망상! 오늘 길이 다른 날에 비해 짧은 길임에도 불구하고 또 요런 탐심을 내다니, 쩝!

볼일을 보고 나왔음에도 아침의 싸한 기운 땜에 또 오줌이 마렵다. 순례자가 뜸할 때 풀숲으로 들어가 길 쉬를 한다. 이틀 전처럼 오줌을 싸다 목에 거는 천으로 된 폰 케이스에 오줌 세례를 한 실수를 반복하지 않기 위해 조심한다. 아뿔싸, 이번엔 바짓가랑이가 젖었다. 뭐 제대로 하는 게 없냐? 아니, 이건 분명히 아침이슬일 거야. 그렇지, 암. 몸도 마음도 가벼워진다. 밀란 쿤테나의 『참을 수 없는 존재의 가벼움』이 생각난다. 나는 생리현상도, 배고픔도 잘 참지 못하는 인간이다. 가볍다 못해 경박한 존재에 가깝다. 오줌 마려워 안절부절못하다가 싸고 나면 금방 룰루랄라 하니. 독립운동하기는 글러먹었다며 실없는 소리를 해댄다.

발걸음이 날아갈 듯 가볍다. 일단 거리가 최근 들어 가장 짧은 데다가 길도 엄청 편하게 되어있어서다. 국도변의 좁은 길인 줄 알았는데 막상 보니까 국도 넓이만큼의 순례길이 펼쳐져 있다. 잔돌이 깔려있고, 길가에는 잡초가 무성한 최상의 길이다. 발바닥 충격을 죄다 흡수하는 이런 길은 깨춤을 추면서 걸을 수 있다. 포블라시온 데 캄보스 다리를 지나면 두 가지 루트로 갈라진다. 우리 밴 헤르츠에서 전 대장이 내려 길 안내를 한다. 하나는 길고 예쁜 마을길, 하나는 짧은 직선 국도변 길이라고.

우리 둘은 일 초의 망설임도 없이 우회로 대신 짧은 직선 대로를 택한다. 1㎞ 정도 차이가 난다는데 당연히 짧은 쪽이지. 자매님도 어제 길을 헤매 많이 걸었다고 우리와 같은 루트를 택한다. 친구는 우리가 게을러서 이 길을 택한 것이 아니라 환자이기 때문이라고 하는 바람에 다 배를 잡고 웃었다. 맞네. 감기 환자인 문옥이, 생인손앓이 중인 나, 발가락에 물집 잡힌 자매 언니, 천식을 앓고 있는 자매 동생. 환자끼리 의기투합해서 깔깔거리면서 걸어간다. 순례길 양쪽 가에 시멘트 조가비 안내석을 세워뒀다. 아마도 순례길로 자동차가 지나가지 못하게 하려는 의도인 듯하다. 길가 사과나무 한그루에 분홍 꽃봉오리와 흰 꽃 꽃봉오리가 섞여 피어있다. 사랑스럽다.

길 오른편 숲에 자작나무 수백 그루가 가로세로뿐만 아니라 대각선까지도 한 치의 오차 없이 정확하게 줄 맞추어 서있다. 인공조림이나 기똥차게 아름답다. 소름이 돋는다. 자작나무는 삼천 그루를 심어야 그중에 삼백 그루 정도만 살아남는다 한다. 애초에 삼백 그루만 심으면 되지 않느냐? 그러면 절대로 안 된단다. 삼천 그루가 경쟁하면서 자라야 제대로 된 삼백 그루의 성목이 될 수 있다 한다. 살아가는 데에 선의의 경쟁은 필수불가결한 것인가 보다. 『이어령의 마지막 수업』에서 "적(enemy)을 죽이면 나는 살지만, 경쟁자(rival)를 죽이면 나도 죽는다"는 말씀이 옳음을 이 길에서 체득한다.

흙길에 수많은 개미굴이 있다. 개미나라 아파트 대단지다. 개미도 참 부지런히 산다. 좁은 우리나라 시골길과 달리 스페인의 가없이 쭉 뻗어있는 순례길이 잠시 부러웠다. 그래도 예쁜 거로 치면 우리나라 시골길도 밀리지 않지. 레벤가 데 캄포 입간판이 있는 오른쪽에 넓은 잔디 정원의 바가 나온다. 안주인이 명상가이자 자유로운 영혼의 예술가인 듯하다. 잔디밭에 세워둔 인체 조각상이나 벽에 걸린 그림이 기교를 부리지 않아 서툴러 보이기까지 하다. 하지만 만든 이의 열정과 자유의지와 솔직하고 거침없는 표현에 오히려 진한 감동이 전해온다. 묘하게 빠져든다. 우리는 테콘레체, 합류한 대장에겐 카페쏠을 대접한다. 넓은 마당에 드러누워 쉬고 싶지만 다시 추슬러 길을 나선다.

길이 짧은 대신 변화가 없어 힘들다. 친구랑 이런저런 이야기를 나누며 웃기도 하고 찔찔거리기도 하면서 부챗살 접듯 길을 접으면서 간다. 걷는 내내 숲속에서 뻐꾸기 울음소리가 들린다. 새 울음소리는 만국 공통이네. 근데 우는 장소는 좀 다르다. 우리나라 뻐꾸기는 깊은 산속에서 울고, 스페인 뻐꾸기는 가까운 숲에서 운다. 아 참, 여긴 메세타 평원이니까 그렇지. 이야기는 주제도, 동기도 없다. 하지만 지루함을 견디는 데에는 엄청 도움이 된다.

한 시 반이다. 드디어 목적지 카리온 데 로스 콘데스까지 왔다. 근처 바에서 까냐와 엔초비와 또띠야로 점심을 먹는다. 오늘 알베르게는 수녀원이다. 노인요양원을 겸하고 있는 수녀원이라 참으로 깨끗하고 말쑥하고 조용한 분위기의 숙소다. 2시 20분경. 줄 서서 개별예약을 해야 한다. 나이 드신 수녀님의 일 처리가 몹시 더디다. 말이 전혀 안 통해 온몸으로 의사소통을 한다. 궁하면 통한다. 침실 방이 깨끗하고 쾌적하다. 침대는 다 단층이다. 흥감하다.

짐을 부려놓고 동네 마실을 나간다. 동네가 제법 크다. 아니, 엄청 큰 마을이다. 골목골목 온갖 종류의 상점이 즐비해 있다. 길거리 바는 주말이라 주민들로 활기가 넘친다. 삼삼오오 모여 이야기꽃을 피운다. 산타 마리아 성당과 산티아고 성당은 들어가지 않고 외관만 감탄사를 난발하며 바라보다가 지나간다. 그런데 놀라운 사실 하나를 발견한다. 어느 마을 성당이든 가장 높은 종탑에는 새가 둥지를 틀고 있다는 거다. 그것도 다른 새가 아닌, 우아한 학[8]이 하얀 날개를 접고는 펜트하우스에서 인간세계를 지긋이 응시하고 있다. 너무나 신기한 광경이다. 학을 본 것도 놀랍고 신성한 성당 종탑에 둥지를 튼 학의 가족을 그대로 품어준 사람들도 대단하다. 학의 생존본능으로는 거기가 시야가 잘 확보되어 가장 안전한 공간이었을 거다. 인간과 자연이 아름답게 공존하는 현장인 스페인 성당 종탑 풍경은 오래도록 생각날 것 같다. 그림과 조각을 전시한 갤러리에서 스페인 작가의 인상적인 작품을 본다. 걸으면서 본 스페인 풍경이라 낯설지가 않다.

　돌아오는 길에 장을 보러 가는 든든 엄마를 따라 대형마트에 들른다. 과일, 요거트, 치즈, 휴지 등 잔뜩 사서 돌아왔다. 샤워를 하고 손빨래 후 세탁실에 있는 짤순이를 이용해 빨래를 짤 수 있어서 좋았다. 빨래가 금방 마르니까. 친구가 빨래하러 간다 해서 짤순이가 세탁실에 있다고 알려줬다. 근데 친구가 한참만에 초췌한 표정으로 돌아왔다. 짤순이를 못 찾아서 건조기를 이용히려다 외국인과 사소한 오해가 있어서 엄청 곤란을 겪었다는 거다. 미안하

8　상세히 알아보니 학이 아니라 황새였다. 이때는 다들 학이라 불렀다.

고 화가 난다. 따라가서 직접 알려줄걸. 곁에 있었다는 팀원도 그렇지, 직접 짤순이 위치와 작동법을 알려주면 좀 좋나! 다들 지친 끝이라 맘의 여유가 없어서 생긴 일이다. 황당한 일을 잊는 데는 맛있는 식사만 한 게 없다.

오이, 고추장 멸치, 누룽지탕과 간편 국에 빵과 커피 등 있는 거를 다 꺼내 차린 풍성한 저녁 밥상. 만포고복 한다. 행복은 참 소소하다. 길 위에서 우리는 먹는 것에 진심을 다했다. 장거리 걷기에서 잘 챙겨 먹기는 가장 기본적이면서도 중요한 일임을 익히 알고 있기 때문이다. 양껏 먹고 내일 먹거리도 챙겨둔다. 둘이 헤드 랜턴을 쓰고 작은 테이블에 머리 맞대고 앉아 일기도 쓰고 가이드북과 톡 내용을 살펴보면서 내일 코스에 대한 의견을 나눈다. 팀원이 우리 둘의 열중하는 모습이 참 보기 좋다고 한다. 다리 마사지를 하고 잘 준비를 한다. 잘 가, 오늘 하루! 입구 쪽에 침대를 배정받은 친구, 밤새 침대 삐걱거리는 소리와 제 기침 소리에 잠을 제대로 잤는지 모르겠다. 다음 날 우리 방에서 첫 오미크론 환자가 발생했다.

4/30 토

도보 17일. 쉬는 데마다 영역 표시를

카리온 데 로스 콘데스에서 테라디오스 데 로스 템플라리오스까지 27㎞

 간밤에 잠을 설쳤다. 1시간 간격으로 자다 깨다 하다가 새벽에 겨우 잠들었다. 그래도 아침은 어김없이 온다. 6시에 기상. 아침을 다른 팀원과 어울려 먹지 않고 따로 간단히 해결한다. 시간이 지체될 것 같기도 하고, 그냥 그래야 할 것 같아서다. 7시 전에 수녀원을 나선다. 산타 마리아 성당을 지나 카리온강 석조다리를 건너면서 흐린 아침 하늘 아래의 카리온 마을을 돌아보면서 간다.

 웅장한 산 소일로 수도원 길가 철판 구조물에 'TE DESEA BUEN CAMINO'라 새겨져 있다. 당신의 좋은 순례가 이루어지길 빈다는 뜻이다. 본의 아니게 스페인어에 조금씩 관심이 생긴다. 격려의 글귀에 힘이 난다. 아무리 작은 마을이라도 성당이나 수도원만큼은 가장 좋은 위치에 가장 위엄 있게 지어져 있다. 중세 스페인에서는 인간이 신의 손길과 눈길을 벗어나서 살아갈 수 없었을 것 같다. 종교가 절대 권력이던 시절의 흔적이 순례길 도처에 남아있다. 검은 숲 뒤에서 아침 해가 붉은 기운을 잔뜩 머금고 있다가, 순간적으로 대포알처럼 힘차게 공중으로 날아오른다. 경이롭다.

잔돌길이라 엄청 편안하다. 국도변 널찍한 순례길에 깔린 잔돌을 밟을 때 나는 뽀각뽀각 소리가 경쾌하다. 함박눈 밟을 때 나는 뽀드득뽀드득 소리를 닮았다. 지평선 아득한 곳까지 쭉 뻗어있는 길은 도화지에 풍경화 데생을 할 때 4B연필로 긋던 밑그림 구도를 떠오르게 한다. 미루나무 가로수 길에 드물게 솔숲이 있다. 스페인 소나무는 밋밋하게 위로만 뻗어 별로 잘생긴 것 같지 않다. 문득 통도사 진입로에 우아한 곡선미를 한껏 뽐내며 서있던 노송의 자태가 그리워진다.

　1시간 반쯤 걸었나? 쉬어야겠다는 생각이 들던 차에 잔디밭에 나무탁자와 의자가 보인다. 토마토 야쿠르트 커피로 짧은 휴식을 취한다. 찬 기운이 남아서 오래 머물면 체온이 떨어진다. 숲에서 모닝 쉬도 하고 간다. 쉬는 데마다 영역표시를 해대니 내가 길 위에서 개가 되어가는 게 아닌가 싶다, 허. 지평선 가득 노란, 샛노란 유채꽃 물결이 너무 예뻐서 눈물이 찔끔 난다. 지쳐갈 즈음 길가에 노천 밴 카페 하나가 짜잔 나온다. 참으로 시의적절한 위치에서 순례객에게 기쁨을 준다. 영업의 기본은 목을 잘 찾아내는 거다. 차 주인 젊은이가 참 영리하네. 너스레를 떨며 줄 서서 기다린다. 자매님이 카페콘레체를 쏜다. 덕분에 맛있게 마시며 쉬어간다.

　구름이 다 사라지고 하늘이 쩡하게 푸르다. 새파란 하늘 아래 노란 유채와 초록 밀만 그득하다. 등이 서서히 달구어진다. 나쁘지 않아. 난 원래 뜨거운 걸 좋아해. 아무 생각 없이 걷는다. 그늘 한 점 없다. 쉴 곳이 없어 하릴없이 걷다가 작은 나무 한 그루를 발견한다. 웬일이니 고맙게시리! 작은 나무가 만든 조그만 그늘도 감사하다. 신발을 풀고 퍼질러 앉아 사과도 먹고 눈치껏 길 쉬도 한다. 인제는 저만치 순례자가 와도 크게 당황하지 않고 볼일을 본다.

지평선에 우뚝 솟은 건물은 대부분 마을 성당이다. 17km 지점의 칼사디아 데 라 케사 마을 바에서 점심으로 까냐와 돼지고기 스테이크를 시켜 에너지를 보충한다. 까냐 한 잔의 알코올 기운으로 한낮 메세타 평원의 땡볕과 맞서며 행군한다. 오늘이면 마침내 걷기 17일 차만에 절반인 400km를 넘어선다. 놀라울 정도로 잘 걷고 있다. 옥이랑 나, 로봇이 다 됐다. 마지막 레디고스 마을은 바에 들르지 않고 길가 벤치에 앉아서 귤을 꺼내 먹으며 쉰다. 지친 외국인과 눈이 마주친다. 몹시 지쳐있는 그의 눈길이 귤에 가있다. 귤 반쪽을 건네니 무척 고마워하며 맛있게 먹는다. 잠시 후 우리 둘이 웃는 모습을 사진으로 찍어 기록에 남겨도 되겠냐고 묻는다. 흔쾌히 허락한다. 한국인의 정을 느꼈나?

아스팔트 국도길이다. 막판 젖 먹던 힘까지 짜낸다. 앞서가는 팀원을 앞지르며 거침없이 갓길을 흘러간다. 어디가 끝이지? 분명 테라디요스 데 로스 템플라리오스에 들어선 것 같은데. 이놈의 직선 포장길은 끝날 줄을 모르지 휴! 다행히 저기 첫 집이 우리 알베르게란다. 기뻐서 절면서도 막 뛰어 들어간다. 2시 40분에 도착했다. 숙소가 깔끔하고 널찍하다. 새로 지은 알베르게다. 벌판에 우리 알베르게뿐이다. 마당 잔디밭이 넓어 빨래 널기 딱 좋다. 침낭도 넓게 펴 뽀송뽀송하게 말린다. 저녁에 식당에서 먹은 콩 수프 맛이 굿이고, 스테이크도 굿이고, 와인도 굿이다. 게다가 우리들의 이야기는 베리 베리 굿이다. 너무너무 피곤하다. 죽어 잤다.

5/1 일

도보 18일. 평원길은 골라 걷는 재미가

테라디요스 데 로스 템플라리오스에서 베르시아노스 델 카미노까지 24km

한 번도 깨지 않고 잘 잤다. 게다가 늦잠까지 자다니. 허둥지둥 이층 침대에서 내려오니 친구가 슬리퍼를 제 것 내 것 한 짝씩 짝짝이로 신고 있다. 그것도 어린애처럼 오른쪽 왼쪽을 바꿔 신은 채. 빵 터졌다. 잠이 덜 깬 모양이다. 나도 남은 슬리퍼를 짝짝이로 신고는 웃기는 순간을 기념으로 남긴다. 6시 40분쯤 꼴찌로 식당에서 아침을 먹는다. 잘 자서 그런지 몸이 한결 가볍다. 7시 40분에 출발. 날이 흐리고 바람이 분다. 걷기 좋은 날씨다. 마을 어귀 비탈에 앙증맞은 노란 꽃들 손을 흔들며 우리를 배웅한다. 산티아고 391km 남았다는 표지석 앞에서 둘이 팔을 번쩍 치켜들고 환호한다.

메세타 평원길은 골라 걷는 재미가 있다. 잡초길, 잔돌길, 흙길, 아스팔트길 등. 청회색 구름이 잔뜩 긴 아침 하늘 아래, 길이 평면에서 선으로 선에서 점으로 이어져 있다. 길 좌우로 밀밭과 숲이 마주한다. 오직 한빛인 초록 밀밭과 노랑, 연두, 초록, 갈색이 그라데이션 된 숲. 숲의 나무는 죄다 쭉쭉 뻗어있다. 볕도 좋지 바람도 좋지 땅도 넓지 그러니 저렇지. 시바 료타로가 쓴 『료마가 간다』의 칼 찬 무사. 료마 대신 한국의 아줌마 둘 칼 대신 스틱을 야무지게 쥐고 씩씩하게 간다. 민달팽이도 하루를 시작하려 길에 나와있다. 느리지만 제 속도로 자기 길을 가고 있다.

모라티노스 마을 둔덕에 흙 가마 같은 게 서너 개 있다. 토기 굽는 마을인가? 곡식 저장고인가? 갓길 세로에 잡초가 무성하다. 고맙고 황홀한 길이다. 발렌시아주의 마지막 마을인 니콜라스 델 레알 카미노의 길가에서 휴식을 취한다. 귤과 조그마한 컵케이크와 사과. 달고 맛있다. 굽이도는 황톳길. 밀밭 가장자리에 나란히 서있는 초록, 연두, 노란색 나무 세 그루. 평화롭고 아름다운 풍경이다. 잔돌을 제멋대로 쌓아 만든 작은 돌다리. 기교를 부리지 않아서 예쁘다.

다리 곁의 성모 예배당을 지나고 지하도를 건너 드디어 레온주의 사아군에 입성한다. 사아군을 지키는 수호신마냥 거대한 성인상이 마주 보며 근엄하게 서있다. 한 손에는 밀을 베는 낫이 들려있고, 한 손에는 노동의 신성함과 관련된 책을 쥐고 있으며 아래는 밀과 빵 바구니가 조각되어 있다. 사아군이 중세 유적지로 유명하다더니 초입의 석상에서부터 왠지 그런 기운이 느껴진다. 사아군 철도역에서 방송으로 역에 기차가 들어온다고 알린다. 역사 옆길 따라 사아군으로 들어간다.

트리니다드 성당에서 산티아고 순례길 하프인증서를 발급받으려고 줄을 선다. 차례를 기다려 3유로를 내고 순례길 800㎞ 중 절반을 걸었음을 인증한다는 하프증명서를 받는다. 기쁘다. 걷는 것 자체가 중요하지, 인증서 따위는 필요치 않다고 하는 이가 있다. 그럴 수도 있다. 근데 나는 중요하다고 본다. 고생하며 걸어온 길을 두고두고 추억하게 해주니까. 결과 못지않게 중요한 과정의 흔적을 되짚어 볼 수 있게 하니까.

이른 점심으로 근처 바에서 테콘레체와 하몬과 치즈 든 샌드위치를 먹고 중세의 유명한 유적지를 보러 나선다. 붉은 벽돌로 지은 산후안 성당, 산로렌소 성당, 시청사, 산티르소 성당, 웅장한 산베니토 아치문 등을 미친 듯이 허둥지둥 돌아보느라 정신이 하나도 없다. 돌아가면 좀 더 상세히 알아봐야 할 것 같다. 지금은 순례길을 걷는 중이라 시간을 충분히 할애할 수 없어서 많이 아쉽다. 종교전쟁으로 허물어진 광장의 아치문 위에도 학이 둥지를 틀어 놨다. 기회가 된다면 여기는 꼭 다시 보러 와야겠다. 남편이 생각난다. 떨어지지 않는 걸음으로 뒤를 흘끔거리며 간다.

사아군 상가를 통과하고 세아강을 지나간다. 가로수 하얀 목피에 동네 양아치인지 몰상식한 여행자인지 몰라도 이름이나 하트 표시 등을 칼로 여기저기 새겨놨다. 썩을 놈들 같으니라고. 너거 사랑 반드시 깨진다, 두고 봐라! 애먼 나무한테 저리 깊은 상처를 남기다니, 나 참! 그렇게 이름을 남기고 싶으면 제 몸에 타투나 할 것이지. 저 나무는 죄 없이 평생 낙인이 찍힌 채로 살아가야 하는데. 나무한테 몹쓸 짓을 한 인간이 밉고, 같은 인간으로서 부끄러워지는 순간이다.

보송보송한 털을 단, 핑크 꽃술의 흰 꽃 무리가 눈에 띈다. 처음 보는 건데 참 사랑스럽다. 길가 가로수 옹이가 멀리서 보니 꼭 성모 마리아상 같다. 교차로 근처 버스정류장에 앉아서 쉰다. 껍질째 먹는 사과, 꿀맛이다. 물은 다 마시고 없다. 갈림길에서 헷갈릴까 봐 대장 차가 미리 와 대기하고 있다. 직진하라고 알려준다. 덕분에 옆으로 새지 않고 바로 간다. 드디어 베르시아노스 델 레알 카미노 마을 입구다. 우리 알베르게가 보인다. 2시경이다.

한방에 4명씩 들어간다. 오미크론 환자가 한 명 생긴 터라 신경이 쓰인다. 빨래를 하고 짐을 정리한다. 저녁 6시. 산티아고 순례길을 나서고부터 배고프다는 소릴 달고 다닌다. 다들 그렇단다. 좋은 징조다. 당뇨가 있는 언니가 도착하지 않아서 모두 걱정한다. 혹시 혼자 걷다 혈당 쇼크가 온 게 아닌가 싶어서. 다행히 늦게 도착했다. 신발이 불편해 절며 걷다가 맘씨 좋은 현지인이 차로 태워줘서 무사히 올 수 있었단다. 한방에 자게 되어 진심으로 무사 귀환을 축하하며 위로한다. 야채 수프와 대구살 스테이크와 와인으로 저녁을 먹고는 일찌감치 침대에 올라가 비몽사몽 간 내일 코스를 점검하고는 잠이 든다. 코 고는 소리가 더 이상 잠을 방해하진 않는다. 그렇다고 깨진 않은 건 아니다. 그래도 컨디션이 나쁘진 않다. 괜찮다.

5/2 월

도보 19일. 참고 기다려서 라면을 맛본 자

베르시아노스 델 레알 카미노에서 만시야 데 라스 무라스까지 26.5㎞

7시 10분에 출발한다. 등 뒤에서 어슴푸레 먼동이 터온다. 어두컴컴한 대지와 검은 실루엣의 숲 위로 청회색 구름을 뚫고 붉게 뻗어 나가는 아침 해돋이의 장관을 직관하는 심정은 황홀하다 못해 황송하다. 찬란한 아침 해의 기운이 온몸에 스며든다. 선택받은 존재가 된 듯하다. 초록 밀밭 사이 갈아엎어 놓은 검붉은 황토 흙밭도 참으로 이색적이다. 플라타너스의 황록색 빛이 도는 새잎도, 길 위 자갈돌 화살 표시 틈새로 싹을 틔운 파르스름한 어린 밀싹도 일조를 한다.

며칠 전부터 오른쪽 어깨 통증 때문에 스틱 사용이 좀 불편했다. 배낭이 그리 무겁지 않은데 왜 아프지? 아, 내가 잊고 있었네! 이십이 년 전에 전절제한 오른쪽 가슴 때문이지. 이리 큰 상처를 잊을 정도로 이 길이 힘들기도 하고 좋기도 했나 보다. 통증의 원인을 알아차리고 나니 마음이 편하다. 평생 안고 가야 할 통증이므로 단짝이 될 수밖에 없다. 베르시아노스 마을의 작은 성당 벽에 칭얼대는 아기 예수를 안은 성모 마리아의 인자한 모습이 그려져 있다. 가슴의 상처와 품에 안긴 아기 예수의 얼굴이 오버랩 된다.

노랗게 핀 꽃무리가 개나리를 닮았다. 이 녀석을 이때부터 스페인 개나리라 부르게 됐다. 1시간 반쯤 걸었다. 엘 부르고 라네로 마을 가로수가 참으로 독특하다. 어린나무 줄기 중간쯤에 알록달록한 털실로 이어붙인 뜨개질 소품을 붙여놨다. 방한 덮개 역할도 하고 아름다운 장식 역할도 한다. 기발하다. 스페인 농촌에도 새마을운동 같은 게 있었나? 동네 부녀회원들이 마음을 모아 십시일반으로 뜨개질한 걸 옷처럼 입혀놓은 게 아닌가? 어린나무에게 뜨개질한 옷을 입혀놓은 건 처음 본다. 예쁘고 정감이 넘친다.

마을 안에 라면을 파는 바가 있다. 외국인 한국인 할 것 없이 뒤섞여 줄이 엄청 길다. 기꺼운 마음으로 인내심을 발휘하며 기다린다. 메뉴판에 '신라면 5.5유로, 햇반 4유로 젓가락도 있어요.' 하고 한글로 적어놨다. 너무나 반갑다. 스페인 순례길에서 한글로 적힌 메뉴판을, 그것도 라면 메뉴를 보다니! 실내에선 무조건 마스크를 착용한다. 외국인들 우릴 보고, 왜 저래? 별나다는 듯이 바라본다. 우리나라 사람이 방역에 제일 철저하다. 외국인들은 마스크를 거의 착용하고 있지 않다. 팀원 중에 오미크론 양성 반응자가 3명이나 나오다 보니 무조건 조심하고 볼 일이다. 걸리면 엄청 고생하니까.

바의 주인과 직원은 조금도 서두르지 않고 음식을 만들고 있다. 우리나라 라면집이 생각난다. 미리 준비한 육수와 재료를 가스 불에 올려 순식간에 라면 한 그릇을 뚝딱 만들어 내놓는데, 우리나라 주방으로 견학이라도 보내야지, 원 참! 이십 분 넘게 기다린 것 같다. 마침내 나온 라면 한 그릇의 비주얼과 냄새는 기똥차다. 대장이 내놓은 양파김치를 얹어서 먹는, 얼큰한 국물과 면발 맛은 천국의 맛이다. 인내하며 기다린 보람이 있다. 친구가 오늘은 참고 기다려서 라면을 맛본 자와 못 참고 그냥 지나친 자로 구분된다며 너스레를 떤다. 그래 맞다. 맞장구를 치며 웃었다. 천상의 라면 맛에 엄청난 에너지를 얻고 길을 나선다. 걸으면서 친구랑 우리 둘 스페인에서 양배추 겉절이 김치 곁들인 컵라면 장사해 볼까, 삼색커피까지? 새로운 사업 아이템이라고 우스갯소리를 한 적이 있었다. 근데 현지인이 선수를 쳐버렸다, "에잇! 우리 사업 기획이 무산됐네." 하며 또 크게 웃어 제꼈다.

사실 난 라면, 빵, 스테이크 다 별로 좋아하지 않는다. 라면은 일 년에 몇 번 정도 먹을까 말까 하는데, 순례길 위에서 완전히 변했다. 라면을 이리 잘 먹다니. 빵도, 고기도 마찬가지다. 잘 먹어야 잘 걸을 수 있다는 생각이 식습관까지 바꿔놓는다. 암튼 나의 현지 적응력 하나는 최고다. 그러니까 견디지. 잘 먹은 귀신이 때깔도 좋다고 지껄이며 힘차게 걷는다.

마을을 빠져나온다. 쨍쨍한 햇볕과 맞서며 메세타 가운데 직선으로 뻗은 길을 하염없이 걷는다. 길가 나무숲 그늘에 소 떼 수십 마리가 한가로이 풀을 뜯기도 하고, 드러누워 망중한을 즐기기도 한다. 아, 소가 되고 싶다. 무슨 놈의 길이 한도 끝도 없냐! 풀섶에 봄꽃 모꼬지가 벌어졌다. 하얗고 노란 잔챙이 꽃들 봄바람에 자기만의 리듬으로 멋진 춤을 추고 있다. 댄스 배틀 중이다. 편히 앉아서 보고 싶다. 사랑스러운 풍경마저도 위로가 되지 않을 무렵, 시멘트 벤치 하나가 딱 나온다. 애썼다고 좀 쉬었다 가라 한다. 등산화를 벗고 사과를 한 입 베어 문다. 얼마나 야물던지 이가 얼얼하지만, 과즙이 많고 당도도 장난이 아니다. 스페인 과일은 항상 옳다.

세 갈래 길에서 만사냐 데 라스 무라스 마을이 얼마 남지 않음을 알리는 입간판, 무지 반갑다. 렐리에고스를 지날 즈음, 발바닥에서 불이 난다. 몸통 전체로 불기운이 올라온다. 마음도 함께 탄다. 무심한 하늘은 참으로 푸르고 낮게 드리운 구름도 아름답기만 하다. 누군가 끈이 떨어진 낡은 샌들을 버려두고 갔다. 그는 맨발로 걸어갔을까? 십자가 탑에 수북이 쌓여있는 돌들. 순례자가 가슴에 품고 온 소망인가? 내려놓고 싶은 슬픔인가? 돌들만큼 각양각색의 번뇌가 쌓이고 쌓여 탑이 되었나?

마침내 만사냐 데 라스 무라스에 도착한다. 한때 잘 나가던 공장지대였는데 여기저기 문을 닫아 마을 전체가 스산하기 짝이 없다. 알베르게 시설도 좀 허접하다. 이층 침대 방 전체가 컴컴한데 외국인들과 뒤섞여서 정신이 없다. 샤워실도 2개뿐이고, 헐! 침상 정리를 하다 순간 기절하다시피 잠이 들었다. 일어나 테콘레체와 페스트리로 피로를 달랜다. 장도 보고 마을 구경도 할 겸해서 비실거리며 나간다. 가게에서 귤, 당근, 바나나를 사고 일회용 밴드도 한 통 산다. 날씨가 흐리다. 빗방울이 떨어진다. 골목길을 따라 포소 광장, 레냐 광장, 그라노 광장 등을 이리저리 헤매며 걷다가 숙소로 돌아온다. 많이 지쳤다.

문을 연 식당이 거의 없다. 할 수 없이 숙소에 딸린 식당에서 저녁을 먹기로 한다. 순례자 메뉴인 엔살라다와 전식으로 티본스테이크를 1인분 시켰다. 티본스테이크의 크기가 장난이 아니다. 충격적인 사이즈다. 둘이 나이프로 잘라 먹다가 도저히 다 먹을 수가 없다. 두고 가자니 아까워 "빠라 예바르, 뽀르 파보르— 죄송하지만 싸주세요 —." 하니까 두말없이 용기에 담아서 준다. 숙소에서 계란을 삶아 내일 간식 준비를 한다. 몇 개는 신세 진 이웃에게 살짝 나눠준다. 작은 것에도 무척 고마워한다. 내일 코스를 살피고 수면제를 반 알씩 나눠 먹고 잘 준비를 한다. 침대 방이 쾌적하지 않을 경우에는 수면제를 먹고 자는 게 데미지가 적다. 동굴처럼 컴컴한 이층 침대 방에서 코 고는 소리와 침대와 계단 삐거덕거리는 소리가 끊이지 않는다. 마스크를 쓰고, 목 수건을 하고 침낭 지퍼를 끝까지 올려 잔뜩 웅크리고 잔다.

5/3 화

도보 20일. 순례자 한 사람 잡아올까?

엄청 피곤하더니 한 번도 안 깨고 잤다. 숙소에서 아침을 먹지 않고 미련 없이 나온다. 7시에 출발. 오늘은 레온까지 18.5㎞다. 긴 길 위에선 숫자에 많이 예민하다. 10일 만에 레온의 호텔에서 잘 수 있다. 으음, 생각만 해도 즐겁다. 화살 표시가 마을의 성당 골목길로 가라 한다. 오른편에서 아침 해가 뜨는지 불그스름해 온다. 그렇다면 지금 북쪽으로 가고 있는 거네. 에슬라 강의 사시나무 가로수길이 매혹적이다. 숲 맞은편에는 성채같이 생긴 돌담이 길게 놓여있어 참으로 한적하고 아늑한 고샅길을 이룬다.

1시간 반쯤 가니 포르마강 석교 옆에 나무로 된 기다란 인도교가 놓여있다. 차는 석교로 순례자는 안전하게 인도교로 가라 한다. 고맙다. 비야렌테 마을 초입이다. 바가 300m 정도 가면 있다고 적혀있다. 노란 화살 표시 두 개가 욜로 욜로 오라고 유혹해서 그냥 골목 안으로 들어간다. 아주 조그만 바가 길모퉁이에 하나 있다. 테콘레체를 시켜 싸 온 티본스테이크와 양상추, 토마토와 파프리카를 꺼내어 아침 식사를 한다. 아침에 티본스테이크 먹어본 사람 있으면 나외보라 그래, 하하. 수인 아가씨에게 살짝 미안하다. 그래도 그녀는 미소를 잃지 않는다. 이해해 줘서 고맙다.

배를 든든히 채우고 마을길을 나올 때 친구가 걱정한다. 우리 앞뒤에 순례객이 안 보이니 두려운가 보다. "해가 오른쪽에 비치니 바로 가는 거 맞다. 아니면 어디 가서 내가 순례자 한 사람 잡아올까?" 하니까 빵하고 웃음을 터뜨린다. 근심이 웃음소리에 날아간다. 좀 걷다 보니 순례자가 몇몇 보이기 시작한다. 그제야 안심한다. 사실 정신없이 걸을 때는 앞서거니 뒤서거니 하며 걷는 순례자가 곁에 있어야 마음이 편하다. '나만 힘든 게 아니네. 다들 힘들게 걷고 있구나. 이 길이 맞네!' 하고. 누군가와 함께한다는 건 엄청난 힘이 되고 든든한 울이 된다.

서서히 땡볕이 길을 달군다. 오전인데도 스페인 햇볕은 한 뜨거움 한다. 그나마 바람이 좀 불어서 다행이다. 한참 걷다 고갯마루에 못 미친 길가에 제법 큰 쉼터가 있다. 물을 받을 수 있는 샘터도 있다. 사과 한 개를 꺼내 와삭 베어 먹는다. 사실 전에는 사과 한 개를 껍질째 먹은 일이 없었다. 위가 약해 항상 따뜻한 음식을 먹고 난 뒤 후식으로 깎은 사과 한두 쪽 먹던 게 전부였다. 근데 여기 와서 무슨 일이고! 길 쉬를 하고 포르티요 언덕을 넘어간다. 외국인 순례자와 흔쾌히 서로 사진을 찍어준다. 굿을 남발하면서. 사진 찍기는 힘들 때 잠시 쉬면서 서로를 격려하는 가성비 높은 놀이 중 하나다.

벌판에 노란 낙타꽃과 보랏빛 창포꽃 꽃향유 도라지꽃[9]이 끼리끼리 군락을

---

9   꽃 이름이 틀릴 수 있다. 길 위에선 그게 그리 중요하지 않다고 본다. 또 기후 풍토 조건
     이 달라 같은 꽃이라도 빛깔이나 사이즈 차이가 나서 정확히 알기가 어렵다.

이루며 우릴 반겨준다. 위에는 우람한 칠엽수의 하얀 꽃차례가, 아래는 하얀 당귀 꽃차례가 눈부시게 피어있다. 지금 저 꽃들 외에는 우리를 위로해줄 게 아무것도 없다. 저기 저만치에 예쁜 꽃들이 있어서 거기까지 힘을 내어 간다.

'올라! 부엔 까미노'라 적어놓은, 순례자를 위해 마련한 낮은 경사로 철교를 지난다. 경사가 낮으면 거리는 좀 길어지지만, 무릎은 덜 상한다. 고맙다. 저 멀리 구름 사이로 아스라이 레온 대성당의 첨탑과 시가지가 몽환적인 자태로 서있다. 레온 시내 인도를 걷는 건 역시나 힘들다. 발이 불타오른다. 차라리 레온 대성당 첨탑을 보지 말아야 했다. 빤히 보이는데 길이 좀처럼 줄지 않으니 환장하겠다. 빨리 도착하고픈 욕망과 길이 아직 남았는데도 다 되어 간다는 기대와 그로 인해 부글거리는 실망감이 이성을 잃게 한다. 멍한 상태로 시가지를 터덜터덜 걸어간다.

레온 시가지를 통과해 레온 대성당과 가우디 건축물과 박물관이 있는 광장까지 왔다. 웅장하고 화려한 건축물이 눈앞에 펼쳐져 있으나 눈은 초점을 잃고 흐릿하다. 오로지 우리 숙소인 호텔을 찾아가야겠다는 마음뿐이다. 거대한 성곽을 지나서 마침내 숙소인 호텔에 도착한다. 한 시가 다 됐다. 아직 체크인할 시간이 아니라서 다리가 아파도 구시가지 상점 골목길을 배회하면서 시간을 보내야 한다. 몸이 고달프면 구경하는 것도 힘들다. 얼른 호텔에 들어가서 쉬고 싶다. 아.

 광장과 상가골목에 어마어마한 인파가 몰려 있다. 인꽃 역시 길 위에서 나를 위로하던 야생화만큼 각양각색으로 기차게 아름답다. 점심으로 가게에서 햄버거를 시켜 먹는다. 햄버거를 먹는 일도 우리나라에선 있을 수 없는 일이다. 햄버거는 짜고 자극적이라 거의 먹지 않았다. 그런데 육즙이 흐르는 두툼한 쇠고기 패티와 채소와 소스가 든 암부르게사[10]는 별미다. 변해도 참 많이 변했다. 여기 와서. 변해야 사니까 마땅하다.

 드디어 호텔에 입성한다. 우리 호텔은 산 이시도로 성당을 호텔로 개조한 곳이라 엄청 고풍스럽고 멋지다. 편안하게 샤워도 하고, 어제 못한 빨래까지

---

10   햄버거를 스페인어로 암부르게사라 하는데 햄버거라 하니까 알아듣지 못한다. 이름이
       너무 낯설다.

빨아서 호텔 방 안에 눈치 보지 않고 척척 널어둔다. 살 것 같다. 활개를 치고 침대에 누워 느긋한 행복함을 맛본다. 까무룩 쪽잠을 잔다.

편한 옷으로 갈아입고 제대로 레온 구시가지를 찬찬히 둘러보러 간다. 레온 구시가지는 고대 로마 군단 주둔지다 보니 중심부 전체가 거대한 성벽으로 둘러싸여 있다. 종교적 정치적 경제적 요충지인 이곳을 차지하려고 여러 종족이 치열한 전쟁을 벌이다가 마침내 레온 왕국의 수도가 되었다고 한다. 온갖 기념비적인 건축물인 가우디가 지은 보테니스 저택과 레온 대성당과 박물관과 왕궁 같은 관공서와 호텔 등이 즐비해 있어서 어디에다 눈길을 줘도 다 기막히게 웅장하고 찬란하고 화려하다. 관광객들로 발 디딜 틈이 없다.

놀란 가슴을 쓸어내리며 레온을 대표하는, 웅장하고 거대한 고딕양식의 레온 대성당을 관람하기로 한다. 풀크라 레오니나라고 하는 스테인드글라스 창으로 세계에서 가장 유명한 대성당이라 한다. 엄청 높은 성당 벽면 가득 형형색색의 스테인드글라스. 색유리 조각을 통과해 들어오는 찬란한 햇빛이 내 눈동자에 온갖 꽃들 특히 붉은 장미가 만발한 천상의 낙원을 그려내고 있다. 고개를 들고 감탄사를 연발하다가 현기증을 느낀다. 입을 다물고 손을 모은다. 찬란하고 웅장하고 화려한 빛들이 신비한 기운으로 나를 감싼다. 나는 무채색 점처럼 점점 작아지면서 신에게 절대적인 복종심을 갖게 된다. 미쳐야 미친다더니, 레온 대성당의 극한 아름다움의 표상인 스테인드글라스 창을 만든 장인은 광기 어린 신심으로 저런 대작을 만들었을 거다. 종교의 위대한 힘 앞에 다시 놀라움을 금치 못한다.

이른 저녁으로 골목 레스토랑에서 토마토 파스타를 먹고 까르푸에서 장을 본다. 과일과 스페인산 뽀요 컵라면을 사서 허겁지겁 숙소로 돌아온다. 레온 시가지 해찰로 너무너무 피곤하다. 오늘 걸은 거리는 18.8㎞가 아니라 레온 구시가지 관광으로 25㎞가 되었다. 끙끙 앓으면서 침대에 누워, 둘 다 뜬금없이 남편이 보고 싶다고, 돌아가면 잘하자고 헛소리를 하면서 에고고고 곡소리를 내면서 잠이 들었다.

5/4 수

도보 21일. 몸통이 맥반석 오징어처럼

레온에서 산 마르틴 델 카미노까지 25km

　꿀잠을 잤다. 개운하다. 짐 정리를 해놓고 느긋하게 7시 30분에 호텔 조식을 먹으러 간다. 지금껏 먹은 조식 중에 단연코 최고다. 맛있게 먹고 간식거리로 치즈와 햄과 하몬 든 빵 반쪽과 일인분 버터나 잼과 요거트를 챙긴다. 내 몫으로 놓인 거라 괜찮다. 8시 30분에 출발하면서 아쉬워 자꾸 뒤를 돌아본다. 10일 이상 지나야 다시 호텔에 묵을 수 있으니까.

　레온 박물관 광장 십자가 탑 아래, 두 손을 공손히 모으고는 신발을 벗어둔 채 앉아서 하늘을 응시하고 있는 순례자상을 본다. 딱 내 모습이다. 웃음이 새어 나온다. 같은 포즈로 나란히 앉아 그와 한마음이 되어본다. 레온시를 관통하는 베르네스가 강 오래된 석조다리 아래 강물이 우렁차게 흐른다. 오늘은 대부분 국도 갓길을 걸어가야 한다. 지루함의 끝판왕이겠지. 그래도 가야지 뭐. 레온에서 성모 발현지까지 도심지를 벗어나기가 만만치가 않다. 2시간쯤 걸었나? 라 비르헨 델 카미노 마을 조그만 못가 풀밭에 앉아 간식을 먹으면서 쉰다. 호텔에서 싸온 빵과 요거트가 한몫을 한다.

　내리쬐는 햇볕이 고갯길의 자갈을 벌겋게 달군다. 몸통이 맥반석 오징어처럼 뜨거운 불판 위에서 꼬부라든다. 파란 하늘 아래 퇴락한 성당 종탑이 새 둥지로 뒤덮여 털모자를 쓴 것 같다. 황새'가 둥지를 틀고 알을 품고 있다. 수컷은 둥지 밖에서 선 채로 아래를 내려다보고 있다. 군계일학이라더니 제 일 높은 자리를 혼자 독차지하고 있다. 우리나라에선 희귀한 황새가 스페인 에선 마을 성당 종탑마다 둥지를 틀고 서식하고 있어서 놀랍다.

바에서 오렌지 주스를 마시고 화장실에 들러 채운 걸 다 비우고 간다. 사 월과 오월 날씨가 완전히 다르다. 오월은 초부터 여름 날씨다. 다시 땡볕 걷

11   그때는 황새인지 학인지 백로인지 몰라 답답했다. 돌아와서 여러 채널을 통해 황새임을
       알게 됐다. 원래는 겨울철에 아프리카로 날아가던 철새인데 기후변화로 점차 스페인에서
       텃새가 되었다 한다.

기가 시작된다. 지루함과 힘듦을 잊고자 헛소리도 하고 묵은 이야기도 꺼내고 아무 노래나 이어 부르기도 하면서 간다. 오늘 길이 힘든 까닭은 변화가 없는 길이기 때문이다. 좌우에 숲이나 꽃밭이 있을 턱이 없다. 돌겠다. 인생길도 마찬가지겠지. 즐겁고 행복한 순간은 병아리 눈물만큼 찔끔거리면서 오고 힘들고 괴로운 순간은 눈덩이처럼 크게 불어나 오지. 변화 없는 삶이 행복한 게 아니구나. 불안하고 두렵고 불편한 것도 더러는 생의 에너지가 되는구나. 인생이 고해(苦海)라 했지. 길이 전하는 법문을 듣고 묵묵히 걸어간다.

지리하고 힘든 길도 언제나 끝은 있다. 임제선사가 과거는 기억하지 말고 미래는 기대하지 말고 그냥 지금을 살라 했다. 그런데도 나는 시도 때도 없이 기억을 곱씹으며 앞날도 은근히 기대를 한다. 쩝! 열두 시가 넘었다. 도로에서 좀 벗어나니 샛길이 나온다. 토굴이 군데군데 허물어진 채 있다. 종자 씨앗이나 수확한 곡물을 보관하던 저장고인 듯하다. 어디나 사람 사는 모습은 비슷하다. 지혜롭게 주어진 환경을 최대한 활용하면서 산다. 지금은 흉물스럽게 방치되어 있지만. 황토 자갈길이 흙길보다는 힘들어도 국도 갓길보다는 훨씬 낫다. 등 뒤가 따갑다. 지친다. 잡초를 밟고 가다가 자갈길을 걷다가를 번갈아 하면서 발의 피로를 낮추려고 애를 쓴다. 어느 순간 발목과 발바닥이 아리다. 이러다 더 못 걷는 건 아닌지! 보폭과 속도를 줄이면서 다리와 발을 본다. 너무 미안하고 고맙다. 제발 오늘 목적지까지 별 탈이 없길.

비야당고스 델 파라모 숲길이다. 살았다. 숲에 못 보던 까마귀 떼가 무리 지어 울고 있다. 아지트인가 보다. 나무 한 그루에 둥지가 최소한 예닐곱 개씩이나 있다. 아악 아아악, 우악스럽게도 운다. 접근하지 마라. 여긴 우리 영토다. 침범하면 가만 안 둔다. 그래 알았다. 치사해서 안 간다. 골목길 주택가 담벼락 장대에 독특하게 생긴 큰 인형이 떡하니 걸려있다. 처음엔 약간 소름이 돋았다. 뭐지? 허수아비인가? 팻말에 'Que haiga salud'라 적혀있다. 순례자의 건강을 축원한다는 뜻인 듯하다. 허, 고맙네.

두 시가 넘었다. 6시간을 걸었다. 그늘이 드리워진 숲길에 벤치도 있고 맑은 샘터도 있다. 맘 같아선 신발을 벗어 던지고 찬물에 불타는 발을 담그고 싶다. 그러나 그냥 지나쳐 간다. 여기서 쉬면 못 일어날 것 같다. 슬프다. 마을 길을 지나 차도를 건널 땐 둘이 손을 잡고 주변을 살핀다. 우린 운명공동체니까. 또다시 찻길이다. 끝없는 길. 의식하면 괴롭다. 해를 이고 걷는다. 흙 위로 잡초 위로 잔자갈 위로 왔다 갔다 수없이 반복하면서. 언젠가 끝나겠지.

저어기 주택과 공장건물이 보인다. 산 마르틴 델 카미노 입간판이다. 드디어 도착했다. 좀 헤매다 우리 알베르게를 찾는다. 6유로짜리 알베르게라 그런지 시설이 많이 허접하다. 오늘은 내가 이층 침대를 써야 하는데 사다리가 없다. 오 마이 갓! 의자를 받치고 부들부들 떨며 다리를 걸치고 올라가다가 뾰족한 난간에 사타구니를 부딪친다. 아얏, 으윽! 일 층에서는 친구 머리가

침대에 쿵 받히는 소리가 난다. 아얏, 에고! 옆에서 남의 고통 소리에 깔깔대
며 웃는다. 잘 웃기는 미국 언니[12]가 큰 소리로 "거시기하고 머리 중 어디를
다치는 게 더 손해지?" 한다. 누가 옆에서 "거시기는 인제 쓸모가 없으니 머
리가 더 중요하지." 하니까, 다들 배꼽을 잡고 자지러진다. 아파도 다들 즐겁
다. 쉴 수 있으니까.

샤워실도 하나인데 물이 쫄쫄 나온다. 그래도 마당의 햇볕만큼은 땡글땡글
해서 좋다. 빨래가 잘 마른다. 간식으로 끓여 먹은 뽀요 컵라면과 삼색커피
맛은 기가 막힌다. 많이 가져온 블랙커피는 영 인기가 없다. 숙소는 후지지
만 주방에서 차려낸 식사는 참으로 훌륭하다. 모든 게 다 용서된다. 레드 와
인와 하몬 넣은 빵과 완두콩과 야채가 듬뿍 든 엔살라다, 카레볶음밥 같은
빠예야 등 메뉴가 풍성한 데다 맛도 끝내준다. 후식으로 먹은 복숭아도 슴슴
하지만 시원하다. 고흐 그림에서 본 짚으로 된 의자마저도 인상적이다. 여기
까지는 정말 좋았다.

그런데 손 대리가 어두운 표정으로 들어와 어제 레온 보건소에서 받은
PCR 검사 결과를 알려준다. 검사받은 팀원 6명 전원이 양성으로 나왔다 한
다. 순간 싸해진다. 비상이다. 양성 판정을 받은 팀원은 바로 짐을 싸서 다른
방으로 보낸다. 나머지는 다 자가진단 키트로 검사를 하란다. 그중 써니 언니

12　미국에서 살다가 애들도 다 크고 해서 다시 한국에 돌아와서 살려고 준비하는 중인 또
　　래의 쾌활한 여인의 애칭이다.

만 선명하게 두 줄이 떴고, 나머지는 음성으로 떴다. 그런데 문옥이와 내가 주목을 받았다. 한 줄인 것 같은데 후미 한 줄이 희미하게 보인다면서 몇몇이 둘러서서 마구잡이로 윽박지른다. 백 프로 양성이다, 오미크론이 활성화되는 단계로 곧 양성으로 뜰 거라며. 코로나에 걸린 경험이 없던지라 한국에서 걸린 경험자들이 몰아세우니까 우길 수가 없다. 황당했다. 바로 퇴실당한다. 돈을 더 내고 2인실에 격리됐다, 순식간에. 헐!

우리 둘이 주목받은 이유가 짐작은 된다. 감기에 걸린 사람 중에 친구만 PCR 검사를 받지 않았다. 그리고 나는 24시간 친구랑 붙어 지냈으니 함께 확진됐을 거라고 몇몇이 확신한 것 같다. 여론몰이 당한 기분이다. 감기 걸린 사람은 반드시 PCR 검사를 받아야 한다고 했으면 분명히 받았을 거다. 그런데 PCR 검사는 본인 선택이라 했다. 친구는 감기에 걸렸다가 지금 다 나은 상태다. 그래서 출국할 무렵, 마드리드에서 한 번만 받으면 된다고 판단했다. 그런데 졸지에 다수를 곤란에 빠뜨린 자로 몰려버린 거다.

내일 오전에 팀원들과 함께 출발하지 못하고 써니 언니와 우리 둘, 3명은 손 대리랑 택시를 타고 레온으로 도로 가서 PCR 검사를 받아야 한단다. 심호흡을 하고 마음을 편히 먹는다. 양성 판정을 받으면 오히려 잘된 거다. 완치까지 대략 일주일 걸린다면 출국할 때쯤이면 충분히 나을 수 있다. 그리고 출국 시 현지에서 코로나에 걸린 자는 예외 조항으로 따로 마드리드에서

PCR 검사를 받지 않아도 된다 하니 오히려 더 낫다. 검사 비용이 80유로에서 110유로쯤 된단다. 놀랍다. 우리나라는 무론데. 스페인은 검사 비용이 우리 돈으로 십만 원이 넘는다. 내일 우리는 PCR 검사 덕에 레온에서 하루 쉬면서 강제 관광을 해야 할 판이다. 2인실이 추웠다. 둘이 서로 괜찮다고 위로하며 헛헛한 웃음을 웃으며 억지로 잠을 청한다.

도보 22일. 참으로 스펙터클한 하루

산 마르틴 델 카미노에서 아스토르가까지 23.5㎞

레온에서 저녁때나 되어야 PCR 검사를 받을 수 있다 한다. 그럼 우리는 오늘 코스를 완전 허탕 치고 온종일 레온 시가지에서 배회해야 한다. 손 대리가 110유로를 내고 오전 9시 30분에 검사받을 수 있는 곳을 알아냈다고 한다. 다행이다. 돈이 더 들어도 빨리 검사를 받고 다시 걸을 수 있으니까. 다들 일찍 출발한다. 택시가 올 때까지 우리만 남아서 기다린다. 당황스럽다. 택시를 타고 레온으로 다시 간다. 착잡하다. 라디오에서 신나는 팝송이 흘러나온다. 타는 속도 모르고. 어제 묵은 숙소 근처에 검사소가 있다. 콧구멍을 쑤시니 눈물이 찔끔 났지만 속은 시원하다. 검사 결과는 저녁에 나온단다. 우리나라였다면 검사비가 무료인데, 스페인에서는 우리 돈으로 15만 원 정도를 지불해야 하다니. 의료보건은 역시 우리나라가 최고다.

택시를 타고 오다가 셋은 오스피탈 데 오르비고에 내려달라고 한다. 손 대리는 아스토르가까지 가야 한다. 그가 주먹을 쥐고 파이팅을 외쳐준다. 오늘 코스 중 7.2㎞가 PCR 검사로 날아갔다. 덕분에 길이 줄어 다행이라고 생각해야지 뭐. 오르비고 석조다리는 스페인에서 가장 길고 오래된 중세 다리 중 하나다. 정말 어마무시하게 길다. 어메이징! 세르반테스의 『돈키호테』 모티브가 된 다리로도 유명하단다. 스페인 최장 석조다리 근처 바에서 늦은 아침을 먹는다. 써니 언니가 심기일전하자고 쏜다. 카페콘레체와 바삭한 토스트에 사과잼과 버터를 발라 먹는다. 힘내서 다시 걸어야지.

길에 나서서 파란 하늘을 보니 갑자기 눈물이 핑 돈다. 어제 오후부터 오늘 오전까지의 황당한 일이 주마등처럼 스쳐 지나간다. 다시 걸을 수 있어서 흘린 기쁨의 눈물 한 방울인가 보다. 하루 종일 레온시를 헤매다 저녁 늦게 검사를 받았으면 얼마나 더 우울하고 속상했겠나! 천만다행이라 스스로 위로한다. 셋이 걸으면서 차라리 검사 결과가 양성이길 기도하자고 했다. 그게 훨씬 편하니까. 에라, 제발 걸려라. 우린 문제 없다. 셋이 노래도 부르고 막춤도 추면서 즐겁게 걷는다. 확진 판정을 앞두고 졸지에 격리된 자끼리 강한 동지애로 똘똘 뭉친다.

길이 참 예쁘다. 잡초 무성한 흙길이다. 길가에 조팝 닮은 하얀 꽃나무가 늘어서 있다. 노란 유채꽃밭 역시 오늘따라 더 선명하게 노랗다. 길가에 일정한 간격으로 놓인 다양한 벤치가 가슴을 뭉클하게 한다. 땡볕에 서두르지 말고 쉬어가라 한다. 깨진 돌의자 밑에 시멘트 블록을 괴서 앉을 수 있게 해놓은 돌벤치. 정겹다. 얼기설기 얽어 만든 낡은 나무벤치, 페인트칠한 평상 모양 벤치 등 보잘것없는 것도 이리 아름다울 수 있다. 큰 울림을 주는 벤치들이다. 안도현의 시, "연탄재 함부로 발로 차지 마라 너는 누구에게 한 번이라

도 뜨거운 사람이었느냐"가 생각난다. 나도 저 벤치처럼 볼품은 없지만 누군
가에게 한 번이라도 편히 쉴 수 있는 마음자리를 내놓은 적이 있었던가? 되
물으며 말없이 걷는다.

산 후스토 데 라 베가 마을, 갈아엎은 밭의 황토가 포시럽다. 흙이 이리
고우니 밀이 좋고 자연히 빵도 맛있고 값싸지. 한 시. 작열하는 태양. 고갯마
루를 넘으면 아스토르가일까? 고갯길이 하늘과 맞닿아있다. 그냥 걷자. 그래
즐겁게 걷자. 고갯마루 돌 십자가 근처에 사람들이 모여있다. 유명한 신부님
이 거기서 직접 미사를 집전하셨다 한다. 아름다운 광경이다.

저 멀리 아스토르가 마을이 보인다. 속도를 낸다. 아니, 절로 속도가 난다.
고지가 저기다. 오늘도 료마 대신 우리가 간다. 목마른 순례자상이 있다. 빨
리 도착하고 싶은 마음에 걸으면서 물을 마신다. 첫 마을을 통과하고 철교를

지날 무렵 발걸음이 더 빨라진다. 로봇군단 같다. 그늘이 진 공장 담벼락을 따라간다. 마침내 저기 쌍둥이 성당 첨탑 보인다. 막판 스퍼트를 낸다. 너나 없이 마음이 급하다. 땡볕에 이글거리는 철길도 아랑곳하지 않는다. 헉헉거리며 오르막을 오르니 우리 알베르게가 나온다. 무지 반갑다.

줄 서서 접수하고 방을 배정받는다. 팀원들이 반가워한다. 그때 손 대리가 방금 연락받았다며, 써니 언니만 양성이고 우리 둘은 음성이라 한다. PCR 검사를 받은 총 9명 중 우리 둘만 음성이다. 둘이 얼싸안으면서 환호한다. 놀랍고 감사하다. 한편으로 괘씸한 마음도 든다. 둘이 그렇게 아니라고 우겨도 확진자 취급을 받았다. 둘은 격리가 해제됐고, 써니 언니만 따로 격리된다. 언니가 많이 속상해한다. 이렇게 되면 우리는 마드리드에서 다시 검사를 받아야 한다. 끝까지 조심을 할 수밖에 없다. 암튼 음성이라 무지 기뻤다. 손 대리가 진심으로 사과를 한다. 단체를 책임져야 하니 충분히 이해한다고 괜찮다고 했다. 그런데 정작 변죽을 울리며 환자몰이한 이가 제대로 사과하지 않는다. 시선을 피하거나 겸연쩍게 다행이니 앞으로 조심하라고 한다. 어이가 없다.

특별히 우리 둘만 2인실 방을 배정해 준다. 미안함 때문인가? 음성 판정자를 따로 보호하려는 건가? 창밖 풍경이 시원하니 끝내준다. 방이 너무 깨끗하고 아늑해서 맘고생한 거 다 보상받는 기분이다. 늦은 점심으로 광장 바에서 홍합 따바스와 스파게티와 시원한 까냐 한 잔으로 우리의 음성 통보를 자축한다. 와서 짐 정리를 하고는 근처 시나고가 공원을 산책하며 흥분된 마음을 가라앉힌다. 우리 둘 정말 대단하다. 면역력 짱이다. 천만다행이다. 공원에서 내려다보는 평화로운 마을 풍경에 속이 뻥 뚫린다.

마요르 광장에 야시장이 열렸다. 가게마다 온갖 것을 다 판다. 해찰하며 지나간다. 현지인보다 순례객이 더 많다. 산타 마리아 대성당의 종탑이 아까 걸어오면서 봤던 그 쌍둥이 종탑이다. 저녁 미사 때까지 기다려 성당을 둘러보진 못할 것 같다. 초콜릿 박물관과 가우디가 건축했다는 주교 궁도 이미 지친 우릴 유혹하지 못해 그저 밖에서 바라만 보고 지나간다. 사실 외관도 제대로 볼 힘이 없다. 훗날 남편이랑 차로 투어하면서 찬찬히 둘러봐야지. 지치면 의욕도 없어진다. 저녁 먹고 장을 얼른 보고 들어가서 쉬어야겠다는 마음뿐이다.

밤 8시에 기다리던 그 지역 유명 맛집은 낮에만 영업한단다. 좀 이상하다. 우리나라하고 많이 다르다. 서두르지도, 욕심내지도 않고 사는 것 같다. 근처 맛집에서 와인과 감바스와 야채 피자를 시켜 맛있게 먹는다. 밤 9시가 다 되어도 깜깜해지지 않는 스페인의 밤하늘이 묘하다. 그래서 잘 때 커튼을 쳐야 한다. 참으로 스펙터클한 하루였다. 미련 없이 보내자. 자, 자자.

5/6 금

도보 23일. 에그, 에그 하다가

천당과 지옥을 왔다 갔다 한 날이 지나고 새 아침이다. 간밤 두어 번 깨긴 해도 잘 잤다. 짐 정리하고 바나나 한 개와 딸기 다섯 개로 조식을 대신한다. 어스름 여명 신비로운 푸른빛에 잠긴 아스토르가 마을을 뒤로하고 7시쯤 출발한다. 볼일을 봐선지 발걸음이 몹시 가볍다. 오미크론 환자가 속출하는 상황이라 끝까지 건강 잘 챙기며 걷자고 다짐한다.

산타 마리아 대성당과 로마 박물관과 마요르 광장은 그저 바라만 봐도 웅장하고 아름답다. 청소차가 간밤 축제로 어지러운 마요르 광장을 물청소하고 있다. 이 광장의 아름다움이 새벽 일찍 광장을 청소하는 인부의 부지런한 손끝에서 만들어진다. 침략한 로마군이 남긴, 어마어마한 유적지인 아스토르가 골목길을 부러워하면서 걸어간다. 골목길에서 규모와 화려함을 한껏 자랑하는 산타 마리아 대성당과는 달리 심플하고 추상적인 현대식 성당을 본다. 특이하다. 산티아고 순례길은 처음부터 끝까지 교회와 대성당 퍼레이드다. 종교의 힘이 얼마나 어마무시한지 그저 놀라울 뿐이다.

무리아스 마을 바에서 카페콘레체와 에그토스트를 시키려다 숨넘어가는 줄 알았다. 주문받는 줄에서 한참 기다리고 있는데 주인이 반납 줄에 서있는 외국인 주문을 먼저 받는다. 그래도 참고 기다렸다. 또 에그토스트를 못 알아 듣는다. 계란의 스페인어, '우에보(huevo)'가 생각나지 않아 '에그'라 하니 못 알아듣는다. 답답한 나머지 에그 에그 하다가 계란이란 말까지 튀어나온다. 짜증 제대로 난다. 아니, 에그도 못 알아듣나? 아님, 사진 메뉴판이라도 만 들어 두든지. 답답하다. '도스(dos)'라 하면서 손가락 두 개를 보이며 주문했 는데 하나만 준다. 뚜껑이 팍 열린다. 신속 정확하게 주문하고 서빙하는 우리 나라 서비스 문화가 그립다. 그래도 엄청 기다리다 먹어서 그런지 카페꼰레 체와 에그토스트, 맛은 있다.

그때 우리 팀원 중 한 사람이 뜬금없이 신앙 이야기를 꺼낸다. 말끝에 "언 니도 신앙을 가지세요." 한다. 순간 바로 받아쳤다. "그쪽은 신앙 있어요?" 자 긴 천주교 신자는 아니라 한다. 개신교 신자인 듯하다. "난 불교 신자입니다. 근데 잘 알지도 못하는 사람한테 맥락 없이 신앙을 가지란 말 좀 무례하지 않나요?" 정색하며 말했다. 옆에 앉아있던 전 부장, "아 왜들 날이 섰어요? 아무것도 아닌 걸 가지고…" 하면서 컴다운 하라 한다. 그녀는 "아니, 그냥 한 말을 가지고 왜 화를 내세요?" 한다. 내가 화가 난 건 자기 종교만 종교 라 여기고 타인의 종교는 인정하지 않는 편협하고 배타적인 태도 때문이다. 이래저래 부아가 난다. 걸으니 좀 낫다. 왜 그렇게 화가 났지? 곰곰이 생각 해 본다. 토스트 주문 때문에 열 받은 데에다가 신앙을 가지라는 말이 기름을 부은 거다. 내려놓기와 바라보기가 참 어렵다. 그래도 참지 않고 말한 것을 반성은 하지만, 후회는 하지 않는다.

오늘따라 풀숲에서 풀벌레 소리가 요란하다. 햇볕은 뜨겁고 바람은 서늘하다. 뜬금없이 어린 시절 추석날이 생각난다. 등짝이 뜨끈뜨끈하다 아픈 어깨와 오른팔에 온찜질 효과는 있겠다. 나무 그늘 아래 그림같이 놓인 돌 벤치에 앉아서 토마토와 요거트를 먹는다. 스푼이 없어 요거트 통을 치켜들고 털어서 먹는다. 지나가는 외국인 순례자가 웃으면서 "부엔 까미노!" 하고는 엄지 척을 한다. 우리도 같이 "부엔 까미노!" 하면서 활짝 웃는다. 천국은 이렇게 우리 가까이 있다.

다시 힘내서 걷는다. 다 허물어진 돌담 집터가 군데군데 있다. 스페인도 이농현상이 심하다. 허물어진 집터 잔해가 애처롭다. 이 마을 집은 대부분 돌집이다. 널찍한 돌을 이중으로 쌓아 담을 만들었다. 땡볕이 힘없는 그림자를 있는 대로 고문한다. 무엇이든 나를 죽이지 못하는 것이 나를 강하게 만든다. 소금기 밴 땀방울이 나를 담금질해서 더 단단한 지혜의 검을 쥐어주려나? 순례길을 걷다가 유명을 달리한 어느 여성의 십자가를 본다. 가족이 추모 십자가와 추모 벤치를 만들어 놨다. 나랑 동갑이다. 호랑이를 쓰다듬고 있는 사진을 보니, 열정 가득한 삶을 살다간 분이 분명하다. 누군가 사진 타일을 훼손해 놨다. 몹쓸 놈이다.

엘 간소의 작은 마을 바는 거른다. 이미 길에서 간식을 먹고 휴식을 취해서다. 주택가 마당에 느긋하게 앉아있는 조그만 몰티즈 강아지 한 마리, 순하고 귀엽게 생겼다. 무지개다리를 건넌, 동생의 강아지 루비 생각이 퍼뜩 난다. 돌담길 위의 하얀 사과꽃과 새파란 하늘, 멋진 풍경화 한 점이다. 마을 작은 성당 종탑에는 예외 없이 황새가 커다란 둥지를 틀고 있다. 근데 놀랍게도 공동주택이다. 제일 위 펜트하우스는 황새가 살고 그 아래 틈새에는 멧비둘기가 살고, 맨 아래층에는 참새가 살고 있다. 크기별로 층과 평수가 정해져 있나 보다. 신기하고 놀라운 광경이다. 더불어 잘도 산다. 흐뭇하다. 공룡의 후예인 새는 세상에서 가장 영리한 동물이 아닌가!

땡볕에 바싹 마른 흙길 위에서 나무지팡이와 포주박과 조개 목걸이를 파는 스페인 할아버지[13]를 만난다. 거칠고 새까맣게 그을린 그의 손을 보고서는 도저히 그냥 지나칠 수가 없다. 3유로를 내고 작은 조개 실 팔찌 하나를 산다. 지금도 폰 케이스에 달려있다. 인제 땡볕이 두렵지 않다. 어쩌면 땡볕이 가장 힘 있는 스폰서일 수도 있다. 가다가 공터 낡은 나무 테이블에 써니 언니가 앉아있다. 씻어 갖고 온 딸기와 귤을 언니에게 건넨다. 맛있게 잘 드신다. 기분이 좋다. 셋이 함께 PCR 검사를 받고는 언니만 양성이 나와서 마음이 좀 안 좋았다. 70살인데 정말 건강하고 씩씩하다. 기저질환도 없고 나보다 훨씬 잘 걷던 언니였다. 입맛이 완전히 없어진 것 말고 별다른 증상은

---

13   어쩌면 아저씨일 수도 있다. 수염을 길렀고, 햇볕에 너무 많이 그을려 나이를 가늠하기 어려웠다.

없다 한다. 언니는 길 위에서도 마스크를 쓰고 걷고 우릴 배려해 좀 멀찍이 떨어져 걷는다. 고맙고 미안하다.

길고 길던 메세타 평원길이 오늘로 끝난다. 스스로에게 놀란다. 누적 거리가 550km가 다 되어간다. 산길로 서서히 고도가 높아진다. 숲의 나무가 좀 이상하게 생겼다. 꼭 병들어 죽은 나무 같다. 기는 목피에 이끼인지 곰팡인지 잔뜩 뒤집어쓰고 있다. 그런데 놀랍게도 가지 끝에 꽃봉오리와 새잎 순을 조롱조롱 달고 있다. 미안하다, 몰라봐서. 숲이 습해서 그랬나 보다. 숲의 철조망이 끝날 때까지 철조망 사이사이에 엄청나게 많은 나무 십자가가 붙어있다. 다들 이 길을 지나갈 때 힘들고 외로웠나 보다. 철조망이 계속 이어졌더라면 끊임없이 나뭇가지를 주워 십자가를 만들면서 갔을 거다. 인간은 참으로 나약하면서도 강한 존재다.

산길이 끝나니 라바날 델 카미노 마을의 성당 첨탑이 제일 먼저 눈에 띈다. 조금 더 올라가니 우리가 묵을 알베르게가 나온다. 여주인의 환한 웃음 띤 얼굴이 지친 순례자를 위로한다. 숙소는 다인실로 18인실인데 격리자 7명이 딴 방을 써서 나머지는 다 1층 침대를 쓸 수 있게 됐다. 볕이 좋아 빨래부터 얼른 해서 널어놓고 씻는다. 전 부장이 요리한 닭볶음탕을 햇반과 오이김치랑 맛있게 먹는다. 감동이다. 얼큰한 닭볶음탕 남은 양념에 밥을 비벼 한 톨도 남기지 않고 싹싹 먹어치운다. 그리고 침대에 드러누워서 오늘 하루를 되새기며 기록한다.

수도원 성당 미사가 7시 있다 해서 모처럼 참석하려고 6시에 이른 저녁을 먹기로 한다. 라면과 김치와 까냐를 시켰다. 덜 바쁜 시간이라 여주인이 특별히 계란도 풀고 파도 송송 썰어 넣은 라면을 김치 한 접시와 함께 내놓는다. 7유로에 여기서 천상의 라면 맛과 김치 맛을 본다. 너무 행복하다. 온몸의 피로가 싹 가신다. 급히 이를 닦고 도네이션으로 10유로 지폐를 챙겨 성당으로 간다.

한국 신부님은 다른 수도원으로 가시고, 독일 신부님이 미사를 보신단다. 마을 사람과 순례객으로 작은 성당이 모처럼 활기를 띤다. 퇴락한 수도원. 천장과 벽의 회칠이 떨어져 속살인 돌과 황토가 쏟아져 내릴 것 같다. 노란 천으로 제단을 대신하고 있다. 가운데 예수님의 십자가상을 비추는 창은 굽은 나뭇가지로 만들어서 제대로 된 직사각형 형태가 아니다. 허름한 창으로 들어온 저녁 햇살, 제단을 넉넉하게 밝히고 있다. 충분하다.

청빈한 수도원 때문인지 몰라도 기도 중에 눈물이 난다. 돌아가신 부모님과 부모 맞잡이인 형부와 언니를 위해 기도하다가 흐른 눈물일 수도 있다. 스페인어로 집전하는 미사라 알아듣진 못해도 진지한 마음으로 따라 기도한다. 우리 모두 건강하고 행복했으면 좋겠다. 미사를 마치고 약소하게나마 도네이션을 한다. 성물 파는 곳에서는 모자에 달 배지도 하나 산다. 소담스러워서 더 예쁜 마을 골목길을 거닐다가 숙소로 돌아온다. 힘든 내일 코스, 산행길을 걱정하면서. 내일도 파이팅 해야지.

5/7 토

도보 24일. 저것들 스페인어로 우나?

라바날 델 카미노에서 몰리나세카까지 26㎞

7시 전에 출발한다. 어슴푸레하다. 힘든 코스일 때는 좀 더 일찍 나서는 게 상책이다. 이른 아침 숲의 나무는 요란한 새소리와는 달리 묵묵하고 음전하다. 서서히 고도가 높아져서 오르막길이란 느낌이 좀체 들지 않는다. 순례길을 가로지르는, 폰세바돈행 산복도로를 보니 경사가 느껴진다. 연보라, 보라, 진보라, 남보라, 노랑, 연노랑, 하얀 꽃들 옹기종기 모여서 나를 격하게 반긴다. 고맙다. 엘 테레노산은 온통 보라 꽃 천지다. 늦은 봄 지리산에 만개한 진달래나 철쭉 닮았다.

1시간 30분 정도 걸었다. 바에서 아침을 먹기로 한다. 내부 인테리어가 너무 멋지다. 젊은 주인의 미적 감각과 열정이 느껴진다. 절로 기분이 좋아진다. 주문한 카페콘레체도 큰 잔에 넉넉하게 주고, 에그토스트도 바삭하니 맛나다. 만족스러운 아침 식사다. 기분 좋게 에너지를 충전하고 폰세바돈 정상쪽으로 계속 올라간다. 길갓집 마당의 양들 가족, 어미, 아비, 새끼 할 것 없이 다들 편히 풀밭에 앉아 쉬고 있다. 하얀 꽃 테두리를 한 작은 연못에는 개구리떼가 우렁차게 울고 있다. 희한하다. 개굴개굴이 아니라 우악스럽게 깨로록 깨로록 운다. 저것들, 스페인어로 우나? 크게 웃는다. 구릉의 조랑말 두 마리 순례객을 의식하지 않고 한가롭게 풀을 뜯고 있다. 스페인의 가축들은 자유로워서 참 행복해 보인다.

더 올라가니 철 십자가가 있는 돌무더기 언덕이 나온다. 근처에 많은 순례객이 모여있다. 저마다 소원을 담은 돌멩이를 철 십자가 밑에 놓으며 간절히 기도한다. 철 십자가 근처에 올라가 사진 찍느라 줄을 길게 섰다. 철 십자가 밑에는 지구별을 떠난, 사랑했던 이의 사진이 여기저기 놓여있다. 다시 만날 때까지 서로 그리워하며 살아가야지. 천국에 계신 어머니, 아버지께서 평온하게 잘 지내시길 빈다. 가벼운 마음으로 폰토봉을 향해 고도를 높인다.

만하린을 지나 산길 가에 주저앉아 물을 마시다가 뜬금없이 친구가, "연미야, 나 우리 조국이 생각 안 난다." 한다. 나도 생각 안 난다 하면서 둘이 배꼽을 잡고 웃는다. 조국은 무슨! 지금 나도 잊을 판이다. 새파란 하늘이 내리꽂는 햇살에 푹 찔린 채, 속이 까맣게 타고 있는데, 햇살과 푼토봉이 우릴 다 먹어치우고 있는데, 조국은 무슨! 계속 웃음이 새어 나온다.

해발 1,515m 푼토봉 정상. 앗, 뜨거! 내려갈 일이 까마득하다. 바위 돌길 하산길. 신경을 곤두세워 스틱에 힘을 잔뜩 주고 내려간다. 흙길이다. 잠시 좋았다. 근데 다시 더 거칠고 험악한 바윗돌길이 엄청 길게 그것도 급경사로 놓여있다. 에잇, 좋다 말았다. 또 바짝 신경을 쓴다. 그러다 흙이 조금 섞인 자갈길이 나오면 속으로 좋아한다. 1시간 넘게 내려왔나? 아세보 마을의 검은 석조지붕이 보인다. 한숨을 돌린다.

길을 걷다가 마을이 보이기만 하면 반갑다. 끼니를 해결하거나 휴식을 취하면서 편히 볼일을 볼 수 있으니까. 순례객과 바이커들이 엄청 모여있다. 바에 들어가 순례자 메뉴를 2인분 시킨다. 스페인 음식량이 많다는 걸 순간 잊어버리고선. 젊은 주인이 거듭 "우노— 1일분 —? 도스— 2인분 —?" 하고 묻는다. 둘 다 곧바로 도스를 외친다. 전식인 엔살라드는 화려하면서도 맛있고 양도 많다. 그제야 정신이 퍼뜩 든다. 우리가 또 욕심을 냈구나. 하지만 이미 세군도, 메인 메뉴로 프라이드치킨이 두 접시가 나온다. 에고! 할 수 없이 일인분만 나눠 먹고 일인분은 포장해서 들고 가기로 한다. 디저트로 시킨 티라미수도 배가 부른 데에다가 시간도 없고 해서 싸 달라고 한다. 1인당 14유로의 순례자 메뉴. 1인분만 시킬 걸, 쩝. 과유불급인데. 그래도 그땐 그러고 싶었다. 이성은 늘 충동 앞에 힘을 제대로 쓰지 못한다.

아세보에서 내려가는 급경사 자갈길은 고도를 급격히 떨어뜨리는 최악의 길이다. 스틱을 있는 대로 길게 뽑아 들고 중심을 잡아가며 집중해서 한 발 한 발 조심해서 내려간다. 산만해질 수가 없다. 리에고 데 암브로스까지는 그늘 한 점 없는 땡볕 바윗돌길이다. 한 시간 이상을 걸었다. 여태 걸어온 길 중 가장 거친 산길이다. 메세타 평원길이 그립다. 까딱 잘못 디뎠다간 무릎과 발목이 다 나갈 판이다. 뭔 놈의 바위와 돌이 이리 많지! 그래서 아세보와 리에고 데 암브로스 마을이 담벽은 말할 것도 없고, 지붕까지 죄다 새까만 돌로 되어있었네.

무슨 길이 이렇노! 어이구, 흉악하다 흉악해. 암석지대를 폭파해서 만든 길이가? 유네스코는 산티아고 순례길을 제대로 정비해 놓지도 않나! 오만 가지 불평불만을 다 쏟아내며 걷는다. 나름 진정이 된다. 길이 좀처럼 줄지 않는다. 끝도 가도 없는 바위자갈길을, 그늘 한 점 없는 불볕길을 죽어라 내리 걷기만 한다. 검은 등산화는 제 빛을 잃고 뿌옇게 변했다. 바짓가랑이도 희뿌옇다. 저 멀리 몰리나세카 마을이 조그맣게 보인다. 9시간이나 걸렸다.

석조다리를 건너 알베르게를 찾아 들어간다. 오늘도 운 좋게 2인실이다. 일부러 우릴 배려한 거라 생각한다. 착각은 자유다. 씻고 마당에 빨래 널러 갔는데, 목덜미가 화상을 입을 것처럼 따갑다. 오후 5시의 햇살인데도 이리 무섭다. 스페인에 시에스타가 있는 이유를 충분히 알겠다. 끙끙거리며 침대에 드러누워 쉰다. 무지 덥다. 6시에 2층에서 컵라면과 얻은 깻잎 장아찌와 마지막 남은 멸치고추장볶음과 당근, 프라이드치킨 싸온 것과 사과 등 모든 먹거리를 꺼내 풍성한 저녁을 차려 먹는다. 오늘 하루 험한 산길을 잘 걸어낸 몸한테 충분한 보상을 해야 하니까.

그나마 좀 서늘한 골목의 낡은 나무의자에 앉아 오늘 하루를 기억한다. 친구랑 8시경에 마을을 천천히 둘러본다. 어른, 아이 할 것 없이 다들 야외 바에 나와 담소를 즐기고 있다. 다리 아래 강물에 발을 담근다. 차지 않고 시원하다. 뿌옇게 변한 낡은 등산화를 강물에 담가 씻는다. 조금씩 까만색이 나온다. 맨발로 돌아와 벤치에 앉아 기록을 한다. 친구가 따끈한 녹차를 타온다. 이열치열, 오히려 온몸의 긴장이 풀린다. 차 한 잔으로 여유를 되찾는다. 빨래를 걷고 침대로 돌아와서 기록을 마무리한다. 오늘은 할 이야기가 무척 많나 보다. 내일을 맞을 준비를 하며 잠자리에 든다. 고단한 하루다.

5/8 일

도보 25일. 일인분만 시킬걸

오늘 날씨가 덥다고 예고했다. 모닝똥으로 몸을 비운 다음 얼굴에 물칠만 하고 서둘러 출발한다. 바빠도 숙소 앞에서 기념 컷을 남긴다. 여명의 몰리나세카 마을이 거무스레한 산 그림자 속에 아직 잠들어 있다. 어제가 길고 힘들었으니 오늘은 낫겠지. 2㎞ 짧은 게 어디야! 길갓집 마당 노란 칸나 꽃무리가 커다란 꽃다발이 되어 우리의 장도를 축하한다. 발걸음이 가볍다.

1시간 정도 걸어가니 저기 폰페라다 시가지가 보인다. 보에사강 마스카론 석조다리를 지난다. 벌써 심상치 않은 분위기가 느껴진다. 다리를 건너자마자 폰페라다 템플 기사단 성채가 어마어마한 규모와 위용으로 우릴 압도한다. 디즈니랜드 로고에 나오는 성채 같다. 길고 높으면서도 견고한 성채. 놀라워 입이 다물어지지 않는다. 공성(攻城)은 불가능할 것 같다. 거대한 성채의 외벽만 봐도 정신이 아득하다.

광장 바에서 아침을 먹는다. 카페콘레체에 에그 토스트를 시켰으나 하몬 보카디요만 된다고 한다. 또 바보같이 2인분을 시킨다. 설마 보카디요─ 샌드위치 ─니까 양이 많진 않겠지. 헐, 엄청난 양의 하몬을 얹은 긴 바케트를 2

175

개 준다. 또 꼬였다. 게다가 카페 간식으로 작은 빵 2개까지 내놓는다. 매번 시키고 매번 놀란다. 바보가 따로 없다. 에고, 1인분만 시킬걸. 때늦은 후회다. 할 수 없이 "빠라 예바르, 뽀르 파보르!"를 외치며 싸 달라 한다. 주인아저씨 친절하게도 은박지에 야무지게 싸 준다. 더운 날씨에 상하지 않게 배낭 맨 아래에 넣고는 엔시나 광장을 빠져나간다.

엔시나 대성당은 사진만 찍고 간다. 폰페라다 외곽 도로 건물 벽에 할배와 할매를 그린 재밌는 벽화가 그려져 있다. 세발자전거 탄 할배, 눈이 참 맑고 잘 생겼다. 근데 뒤에 탄 할매를 떨구고도 혼자 웃으며 신나게 달린다. 할배, 할매 이름으로 생명보험 든 건 아녀? 하하. 외곽공원, 강물이 흐르는 갓길의 짙은 가로수가 고혹적이다. 서늘한 그늘을 선물한다. 다리 위의 나무 회랑도 특이하고 멋스럽다. 제발 이런 길만 계속되어라.

잔디밭에 남녀 나신 조각상 두 개가 놓여있다. 하나는 남녀가 마주 보고 있고, 다른 하나는 나란히 앞을 보고 있다. 하나는 에로스를, 다른 하나는 필로스를 나타내나? 우리 나이가 되면 에로스보단 우정에 가까운 필로스지. 흐흐. 웃으면서 남녀 간의 사랑에 대해서 진지하게 이야기한다. 힘든 길을 잊는 방법 중 하나로 우리는 자잘한 기억을 떠올려 참으로 부질없지만 진지하게 이야기한다. 나중엔 뭘 말했는지도 모른다. 맥락도 기승전결도 없지만, 지루함을 달래면서 길을 줄이기에 아주 유용한 방법이다.

　도로를 달리던 차에서 빠앙 경적 소리가 난다. 운전자가 창을 내리고 우리한테 엄지 척을 한다. 부엔 카미노 하라는 신호다. 우리도 격하게 손을 흔든다. 힘이 난다. 5월 초 한낮의 스페인 땡볕은 잔인하다. 뭉툭하게 전지된 플라타너스 가로수에 새파란 어린잎들 올망졸망 달려있다. 전지된 가지는 아무리 이해하려 해도 좋아 보이지 않는다. 순례길 표시가 건물 중앙 통로를 가리킨다. 넓은 잔디밭이 나오고 마당 가운데에 성당과 성모상이 있다. 그 옆에 이끼 낀 커다란 바위 위에 좀 독특하게 생긴 성모 마리아와 아기 예수 조각상이 있다. 전라도 운주사의 불상처럼 조악하고 서툰 솜씨로 만든 조각상이다. 하지만 훨씬 더 인간적이라 두고두고 생각날 것 같다.

　길가 장미꽃송이가 작약만 하다. 하얀 불두화 나무도 눈에 띈다. 누렇게 익은 밀밭 사이에 잘못 자리 잡은 붉은 양귀비꽃. 초록 바다에 난파한 쪽배처럼 저 홀로 떠있는 모습이 애처롭다. 문득 사막에 불시착한 어린 왕자가 생각난다. 바에서 생 오렌지 주스로 목을 축인다. 연보라 패랭이꽃 남보라 잔꽃, 꽃이 없었더라면 이 지난한 길을 견딜 수 있었을까? 허물어진 낡은 성당 마당이 온통 새똥이다. 주객이 전도됐다. 한때는 성전이던 이곳, 지금은 폐쇄되어 텅 비어있고, 황새떼 저들만 살판났다.

검은 석조지붕을 한 카카벨로스 마을에 들어선다. 우리 알베르게까지는 아직 한참 남았다. 포도밭에 늙은 포도나무 가지들이 기역 자로 허리가 꺾인 채 늘어서 있다. 수확량을 높이기 위해서라는데 보기가 좀 그렇다. 이글거리는 뙤약볕 포도밭 사잇길을 용필이 오빠의 「바람의 노래」를 친구 따라 열심히 부르면서 걷는다. 가사가 너무 좋다. 후렴구 중 "보다 많은 실패와 고뇌의 시간이 비켜 갈 수 없다는 걸 우린 깨달았네. 이제 그 해답이 사랑이라면 나는 이 세상 모든 것들을 사랑하겠네." 가슴에 팍 와 닿는다. 그래 사랑하자, 지금 이 길을.

그늘진 숲길에서 잠깐 쉰다. 나무 그늘과 땡볕의 온도 차는 엄청나다. 마침내 카카벨로스 알베르게에 도착한다. 4인실에 샤워실도 깨끗하다. 2시 넘어 점심을 먹는다. 까냐와 엔살라다와 싸 갖고 온 하몬 보카디요를 꺼내 먹는다. 하몬이 열을 받아 흐물흐물하다. 염장식품이라 괜찮다며 먹어치웠다. 한국 아줌마는 남은 음식을 잘 버리지 못한다. 속에 별다른 이상 반응이 보이

178

지 않는다. 괜찮다.

오늘로 600㎞를 걸었다. 잔을 부딪치며 자축한다. 서로에게 대단하다, 장하다며 격려한다. 볕이 좋아 빨래가 금방 마른다. 저녁에 과일 장을 보고 오다가 아쉬워 길가 바에서 따바스를 시켜 와인을 한잔하고 돌아온다. 「바람의 노래」 가사를 음미하면서, 도대체 사랑이 무엇인가에 대해 결론도 없는 디스까시옹— 토론 —을 하다가 까무룩 잠이 든다.

5/9 월

도보 26일. 우리한테 반했나?

카카벨로스에서 베가 데 발카르세까지 26㎞

여전히 덥다. 7시에 출발. 뒤돌아보니까 카카벨로스도 제법 큰 마을이다. 도로를 따라 걸어간다. 가로수 목피에 또 낙서를 엄청 해 놨다. 누구와 누구, 하트 표시. 지워지지 않아 길이길이 남을 것 같지? 이놈의 쉬끼들아, 너거는 평생 지나가는 모든 순례객의 입에 한마디씩 오르내릴 거다. 해코지한 흔적이 지울 수 없는 상처로 고스란히 남아도 나무는 한마디 말이 없다. 역시 군자다. 길가 플라타너스 어김없이 전지되어 있다. 자연스레 자란 것이 더 예쁜데. 왜 인간의 입맛대로 원하는 모양을 얻고자 할까? 무위자연을 외치던 노자가 봤더라면 치를 떨 것 같다.

무채색의 산 그림자 위로 붉은 해가 장엄하게 솟아오른다. 장관이다. 늘 뜨는 해지만 왜 볼 때마다 경이롭지? 카카벨로스의 포도밭. 굽이굽이 오르락내리락 고갯마루를 일고여덟 개 이어 넘어가도 온통 포도밭뿐이다. 해가 포도밭 사잇길을 장악하기 시작한다. 내 숨은 들쑥날쑥 거칠지만 푸른 잎을 달고 서 있는 포도나무는 길고 서늘한 호흡으로 흔들림이 전혀 없다.

첫 마을에 바가 있어서 아침을 먹을 수 있을 거라는 기대는 깨졌다. 문을 열지 않았다. 실망은 허기를 부르고, 허기는 발걸음을 무겁게 한다. 이 망할 놈의 기대가 늘 문제다. 간식으로 토마토와 야쿠르트와 치즈를 꺼내 먹고 스스로를 달래면서 고개를 하나씩 넘어간다. 저 멀리 비야프랑카가 보인다. 비야프랑카도 포도밭에 둘러싸여 있다. 프랑스풍의 멋진 마을이다. 용서의 문을 지난다. 용서하는 문인가 용서받는 문인가? 나한테는 후자의 의미가 더 필요하겠지.

광장의 바에서 아침으로 카페콘레체와 또띠야를 먹는다. 친구가 배낭을 살피더니 사이드포켓에 꽂아둔 구둣주걱을 잃어버린 거 같다 한다. 웬 구둣주걱이냐고? 사실 이번에 우리가 챙겨온 것 중 톡톡히 효자 노릇 한 게 작은 구둣주걱이었다. 걷다가 수시로 등산화를 벗었다 신어야 하는데 발이 부어 신을 신을 때 다들 애를 먹는다. 그때 구둣주걱이 얼마나 요긴하게 쓰이던지! 다른 팀원이 빌려 달라 하기도 했다. 세상에 저런 것도 다 챙겨왔다면서 야무지다고 칭찬까지 했다. 그런 구둣주걱이니 아쉬울 만하지. 그래도 내 것이 하나 남아있어서 다행이다.

광장 옆 공터에 오일장이 섰다. 인파로 웅성거린다. 친구가 엄청 신났다. 소심한 지름신이 발동하여 여름 면 잠옷을 두 개나 산다. 나도 덩달아 하나를 산다. 하나에 9.8유로. 와, 싸다구! 득템 했다고 기뻐한다. 배낭에 짐을 보탰지만 하나도 무겁지 않다. 둘이서 깨춤을 추면서 걷는다. 담벼락 장미도 예쁘다. 자동차 타고 지나가다 우리를 본 스페인 남자가 미소를 지으며 손을 흔든다. "우리한테 반했나?" 헛소리를 하며 웃고 간다. 경적으로 순례객을 격려하는 운전자도 있다. 묻지도 않았는데 호호할머니 한 분이 우리가 길을 벗어날까 걱정이 되어서 온몸으로 길을 알려주려고 애를 쓰신다. 너무나 고마운 인연들이다.

다리를 건넌다. 비야프랑카에서 베가 데 발카르세까지 땡볕에 바싹 구인 길을 걷는다. 너, 도대체 왜 이 잔인한 길을 미친년처럼 걷고 있냐? 무엇인가를 누군가를 사랑하게 되면 좋은 것만 골라내어 사랑할 순 없다. 사랑하게 되면 부드러운 흙길이나 예쁜 꽃길뿐만 아니라 이토록 무례한 시멘트길이나 아스팔트길도 마다치 않고 껴안아야 한다. 오늘 내 의식 레벨은 최고조에 달하지 않을까 싶다. 고행으로 말미암아 양족존의 후예인 내 몸에 사리가 생겼을 것 같다. 아무리 힘들어도 길은 끝이 있다. 그래서 좋다.

8시간 걸었다. 3시경에 도착했다. 몸은 시어 빠진 파김치지만, 영혼은 한결 맑아진 것 같다. 알베르게가 너무 깨끗하고 좋다. 특히, 여주인은 우리말을 몇 마디 익혀 한국어로 환영인사를 한다. 이렇게 반가울 수가! 조상 대대로 살아온 집을 가족끼리 똘똘 뭉쳐 직접 리모델링한 것에 대해 엄청난 자부심을 가지고 있다. 대문이나 서까래, 창틀, 돌벽 하나도 훼손하지 않고 그대로 보존하면서 집을 수리했다고 격하게 자랑한다. 그게 너무 보기 좋아 알베르게가 더 멋져 보인다.

고생했다고 전 부장이 주방에서 초고추장 비빔쫄면에 양배추 김치와 수육을 요리해서 내놓는다. 금손의 요리사다. 감사하고 감사하다. 주인이 자기 집에서 직접 만든 와인을 1병에 3유로로 싸게 판다. 진수성찬이다. 살룻! 건배하고 정신없이 맛있게 먹었다. 이 맛에 걷는다. 고마운 인연 덕분에 지친 몸이 금세 활력을 되찾는다. 잘 먹어야 만사가 형통하다. 행복하다. 마을의 작은 가게에서 장을 보고 얼른 빨래를 해서 널어 말린다. 두어 시간 만에 다 말랐다. 배가 부르니 침대에 누워 횡설수설 온갖 수다를 다 떨다가 "부에나스 노체스- 굿밤 -!" 하고는 곧바로 곯아떨어진다.

5/10 화

도보 27일. 꿰 에르모소 디아!

오늘은 13.5km로 엄청 짧은 코스의 산길이다. 으음, 좋은데! 평소보다 30분 늦게, 7시 30분에 출발한다. 아무런 문제가 없다. 분위기가 좋았던 이 알베르게, 뒤에 와서 다시 머물고 싶다. 소와 돼지, 닭 구유와 갖가지 농기구를 보여주며, 조상 대대로 살아온 집임을 자긍심을 가지고 우리에게 자랑하던 집주인이 두고두고 생각날 것 같다. 여주인이랑 알베르게 앞에서 활짝 웃으며 작별 사진을 찍는다. 어제는 미처 보지 못했던 마당에 큰 돌로 만들어 둔 화살 표시도 참으로 인상적이다. 아쉬움을 여러 장의 사진으로 달래고 떠난다.

발걸음도 가볍게 찻길 따라 쭉 올라간다. 발카르세 강물 소리가 어깨동무를 하고 우리를 따라온다. 목초지 비탈에 있는 말들이 청량한 방울 소리를 낸다. 한가로이 풀을 뜯는 말들. 좁은 반도, 그것도 분단되어 토막 난 우리 땅에 태어난 가축들은 좁은 우리에 갇혀 자랄 수밖에 없는데. 이 녀석들은 코뚜레나 고삐도 안 하고 있다. 묶인 놈이 하나도 없다. 우리나라 가축이 측은하다는 생각이 든다. 어쩌랴! 동물이든 인간이든 다 저한테 주어진 환경에 맞춰 살아갈 수밖에.

에레리아스 마을 바에서 아침으로 카페콘레체에 삶은 달걀과 햄과 치즈 든

곡물 빵을 먹는다. 빵도, 카페라테도 맛있고, 모처럼 양도 적절하다. 만족스럽다. 빈집이나 밭에 'SE VENDE'를 많이 붙여놨다. 다 팔려고 내 논 거다. 농담 삼아, 저거 살까를 외치며 웃고 지나갔지만 씁쓸하다. 우리나라나 스페인이나 할 것 없이 심각한 이농현상. 젊은이는 농촌을 떠나가고 코로나까지 겹쳐 순례객이 줄어든 산티아고 순례길. 심지어 세 벤데라고 붙여놓지도 않고 허물어진 채 방치된 집들도 꽤 있다. 실없이 또 살까? 헛소리를 하며 지나간다.

길가에 안장이 얹힌, 잘생긴 말 4마리가 있다. 주인이 웃으면서 한번 만져 보라 한다. 무서워 손을 대진 못 하고 어정쩡하게 서서 사진만 찍는다. 아마 저 말을 타고서 오 세브레이로까지 가는 사람이 있나 보다. 포장길이 끝나고 포실한 흙으로 된 산길이 나온다. 초록 어린 잎사귀가 햇빛을 받아 반짝인다. 이 예쁜 초록 잎들, 어찌할거나! 숲에 큰 고사리가 지천이다. 숲이 시퍼렇게 살아있다. 돌담에는 돌보다 풀과 꽃이 더 많다. 황홀하다. 노랑 미나리아재비, 노랑 민들레, 샛노란 낙타꽃. 서로 제가 더 노랑노랑하다면서 뽐을 낸다. 예쁘다. 느닷없이 보라 꽃, 붉은 꽃도 무성한 잡초 사이에 보란 듯이 얼굴을 내밀며 '우리도 여기 있지롱!' 한다. 천상의 꽃길이다.

고도가 높아지면서 땡볕 가득한 고갯길을 넘어난다. 새파란 하늘과 하얀 새털구름과 노란 유채꽃과 짙푸른 밀이 만들어낸 비현실적인 풍경에 감탄사를 줄줄 흘리고 간다. 헉헉거리는 숨소리도 길에 다 묻힌다. 이번 순례길 중

넘버 원, 투에 들어갈 만한 멋진 길이다. 가다 보니 우리나라 초가집처럼 옛날 갈라시아인이 살던 독특한 초가집이 몇 채 보인다. 바에 들어가서 오렌지 주스를 마신다. 신맛은 하나도 없고 달콤하고 시원하다. 스페인 와서 과일을 얼마나 많이 먹었던지! 사실 집에서는 과일도 그다지 잘 챙겨 먹지 않았다. 근데 뭔 일이래? 스페인에서 인간이 개조된 겨? 하하.

산마루에서 초록 세상을 내려다본다. 온몸이 초록으로 물든다. 행복하다. 레온 주와 갈라시아주의 경계석이 있다. 지금부터는 순례길의 마지막 주인 갈라시아주를 걷는 거다. 구불구불 에돌아가는 고갯길이 정겹다. 저 멀리 하늘가에 명도와 채도를 달리한 청회색 산들이 아스라하다. 지나가던 외국인 순례객 넋 놓고 바라

보면서 "오 마이 갓, 원더풀, 어메이징!"을 연발한다. 나도 짱구를 굴려, "꿰 에르모소 디아— 정말 행복한 날이야 —!"라 외친다. 마주 보고 웃으며 둘 다 엄지 척을 한다. 기막힌 풍경을 함께 바라본 유대감으로 하나가 되는 순간이다.

거의 다 온 듯하다. 캠핑카 주차장 입구에 산티아고 순례길을 그려놓은 청동 표지판 앞에서 기념사진을 찍는다. 생장 드 피드포트에서 시작해 여기 오세브레이로까지 누적 637㎞를 걸어왔다. 발과 다리가 이룬 기적에 새삼 놀란다. 낮은 돌담에 앉아 앞을 응시하면서 두 손 모으고 있는 여인 조각상이 있다. 나도 그녀 곁에 나란히 앉아본다. 이방인과 서로 찍어주기 품앗이를 한다. 다들 행복한 미소를 감추지 못한다.

갈라시아 특유의 초가집인 파요사 박물관을 구경하고 산타 마리아 왕립 성당에 들러 촛불을 밝히고 기도를 한다. 순례길 표시인 노란 화살표를 창시한 교구 사제상이 있다. 바에서 점심으로 갈라시아 지역 특선요리인 뿔뽀— 문어요리 와 깔도갈레고— 감자우거지수프 —를 먹는다. 넘 맛있다. 언덕 위에 공용 알베르게가 하얀 구름 속에 둥실 떠있다. 절로 천상녀가 되는 건가? 수백 명의 순례자가 줄을 서서 숙소를 배정받는다.

남녀 구분 없이 들어간다. 큰 공간에 200명 더 되는 순례객이 운집해 있다. 헐, 지하 1층 샤워실에는 문짝도, 커튼도 없다. 안 보겠지. 아니, 볼 힘도 없겠지. 모르쇠를 놓고 씻을 수밖에 없다. 속옷과 양말만 대충 빨고 겉옷은 말려서 내일 다시 입기로 한다. 서둘러 성당으로 가서 아까 못 본 성배[14]를 보고 온다. 식당의 저녁 식사 시간이 우리랑 안 맞다. 너무 늦다. 주방에서 뽀요 컵라면과 남은 빵 한 조각과 홍합 캔과 까냐 한 잔으로 저녁을 대신한다. 혼자 주방에 남아 삼색 커피 한 잔을 마시며 혼자 행복했던 오늘 하루를 추억하며 기록한다. 소중한 나만의 시간이다. 빨래를 걷으러 가야지. 이도 닦고.

밤에 여기저기서 기침 소리가 난다. 200명 넘게 수용된 방이니 한마디로 바이러스 천국이 아니겠나! 걱정된다. 각자도생이다. 스스로 조심하는 수밖에 없다. 내 바로 위 이층 침대 주인은 덩치 큰 외국인 청년이다. 한 번 몸을 움직일 때마다 침대가 쩌그렁거리며 푹 꺼진다. 헐, 저러다가 침대가 내려앉으면 난 압사되겠지. 좀 지나니 적응이 된다. 답답해도 마스크를 바짝 당겨 쓰고 목 수건도 한다. 오미크론에 걸리면 출국도 못 하고 마드리드에서 나을 때까지 혼자 지내야 된다. 상상만 해도 끔찍하다. 이까짓 불편함은 얼마든지 감수해야지. 10시에 소등을 하자 침낭 지프를 머리끝까지 완전히 올려 채운 다음에야 마스크를 벗었다. 기침 소리와 코 고는 소리, 침대 삐거덕거리는 소리를 잠결에도 들으면서 잔다. 사실 이 날밤 내 옆 침대에서 감기몸살 기운이 있어 잔기침을 하던 우리 팀원 한 명이 오미크론에 걸렸다. 에고!

5/11 수

---

14   그리스도의 기적을 일으킨 성잔과 성배라 한다.

도보 28일. 내 등산화도 나와 함께 말없이

오 세브레이로에서 트리아 카스텔라까지 22㎞

6시에 몸이 절로 깨어난다. 간밤 4시경에 깼다가 다시 잠들었다. 2층 외국인 남자의 코 고는 소리, 침대 찔거덕거리는 소리에 깊은 잠을 자지 못했다. 밤새 사방에서 코 고는 소리와 기침 소리가 들린다. 아침까지 버티다가 날이 새면 바로 뛰쳐나가야지. 지하 1층 신발장 통유리 너머 어슴푸레한 여명에 알베르게가 천제의 궁전처럼 구름바다 위에 신비롭게 둥둥 떠있다. 신발장의 먼지투성이인 낡은 내 등산화도 나와 함께 말없이 경이로운 아침 풍경을 맞이한다. 오늘도 힘내서 잘 걸어야겠다.

6시 50분에 출발한다. 아스라한 산 그림자 위로 서서히 먼동이 튼다. 아침이 열리는 찰나, 언제나 경이롭다. 구름을 발아래 깔고 걷고 있다. 비인간계에서 구름을 타고 하늘을 나는 선녀가 된다. 묘하다. 언덕 위로 올라가니 안개가 더 자욱하다. 참, 안개가 아니고 지금 구름 속에 있는 거지. 뭉글뭉글한 안개구름이 알베르게를 삼키고 산도 정상만 빼고는 다 삼켜버렸다. 영화 「미스트」의 한 장면 같다. 지척도 분간하기 어렵다. 구름에 잠식된 천지가 아뜩하지만 아이러니하게도 몹시 아름답다. 원더풀, 어메이징, 판타스틱, 오 와이! 여기저기서 순례객들이 감탄사를 토한다. 잊지 못할 풍광이다.

점점 밝아오는 숲길. 말갛게 씻긴 연두와 초록의 향연. 생기가 넘친다. 우거진 숲길 끝은 아가리를 벌린 짐승처럼 어웅하다. 얼마나 생경하던지! 이끼 낀 바위와 이슬에 흠뻑 젖은 작은 꽃들이 이른 아침임을 알리는 숲길. 걷기가 조심스럽다. 잠이 덜 깬 온갖 생명이 무거운 내 발소리, 둔탁한 스틱 소리, 거친 숨소리에 흠칫 놀랄 것 같아서다. 숲가에 앉아 쉬면서 사과를 한 입 베어 문다. 싱그러운 초록 숲의 에너지가 사과 과즙과 함께 몸속으로 흘러 들어 온다. 충만한 행복감이다.

고도가 높아질수록 구름은 한껏 자세를 낮춘다. 산 로케 고개에서 바람을 잔뜩 맞고 한 손으로 모자를 잡고서 고개를 숙인 채 힘겹게 걷고 있는 청동 순례자 조각상을 만난다. 공감 백배다. 곁에 선 나도 바람을 맞으며 한 손으로 모자를 붙잡고서는 그와 하나 되어본다. 휘어 도는 길이 우아한 곡선을 그리며 펼쳐져 있다. 곡선 끝에서 점점이 사라지는 순례객도 어느덧 길의 일부가 된다. 산길가 돌담 아래 핀 키 작은 수수꽃다리와 별꽃, 민들레와 미나리아재비. 보라는 보라끼리, 노랑은 노랑끼리 동색으로 무리 지어 피어있다. 길만도 예쁜데 어쩌자고 너들까지 날 이리도 흔들어 대냐! 도대체 어쩌란 말이냐? 가지 말까?

고도 1,335m의 포요 고개에 예쁜 바가 있다. 그림과 창가의 화분, 유리창으로 스며드는 햇살이 모여 한 점의 풍경화가 된다. 빛의 마술사, 램브란트가 그린 그림 같다. 버터에 잼 바른 구운 토스트와 카페콘레체로 간단하지만 알찬 아침을 먹는다. 하산길도 포장길 따라 찬찬히 내려가니 별로 힘이 들지 않는다. 무단히 몸이 아파 힘들었던 시절을 이야기하다가 누가 먼저랄 것 없이 훌쩍이다 눈물을 쏟는다. 그 와중에 차도 바닥에 표시된 화살 표시를 놓친다. 아래로 내려가지 말라고 격렬하게 엑스 표시해 둔 것조차 알아채지 못하고 그냥 도로 따라 쭉 내려가 버렸다. 한눈팔면 안 되는데. 감정이 늘 이성을 앞질러 문제를 일으킨다.

아스팔트길을 털레털레 내려가고 있는데 차 한 대가 속도를 줄이며 우리 곁에 선다. 남자가 창문을 내리며 폰을 꺼내서 다급하게 뭐라 뭐라 한다. 양손으로 엑스 표시를 하고는 손가락으로 위를 가리킨다. 표정이 심각하다. 아차, 우리가 길을 잘못 들었구나. 바로 눈치챈다. 너희들, 이 길로 가면 절대안 된다. 다시 올라가라는 뜻이다. 귀인을 만났다. 너무 고맙다. 진심으로

"그라시아스." 하면서 감사인사를 드린다. 헉헉거리며 내려온 길을 도로 올라간다. 2~3㎞ 넘는 도로(徒步)였지만, 세상은 참 살 만한 곳임을 뼈저리게 느낀 순간이었다. 우리 뒤에 우리 같은 순례객이 헉헉거리며 올라온다. 그들에게도 아까 그분이 길이 잘못되었음을 알려준 모양이다. 동지다. 길치 동지 하하. 위에서 자매님 역시 멋도 모르고 쫄레쫄레 내려오고 있다. 그 귀인 대신 우리가 자매님을 몰고 올라간다.

차도 옆에 그렇게 크게 표지를 해두었는데도 보지 못하다니. 눈은 내가 보고 싶은 것만 보나 보다. 다시 기분 좋게 예쁜 산길을 바르게 찾아간다. 좁은 산길에 소 떼를 몰고 올라오는 여인이 있다. 소들이 주인 뒤에 한 줄로 서서 음전하게 따라간다. 참으로 선한 녀석들이다. 길가의 성당이 폐쇄되어 있다. 사람은 떠나고 성당만 남아 있다. 황새도 작은 성당은 무시하나? 그 흔한 새 둥지조차도 보이지 않는다.

하산길에 근사한 레스토랑이 있다. 정원에 나무로 조각한 멧돼지가 얼마나 정교한지 털이나 눈 송곳니까지 다 살아있는 듯하다. 멧돼지 등에 타고 활짝 웃으며 한 컷 한다. 넓은 잔디밭 정원의 전시물들, 하나같이 멋스럽다. 레스토랑 조경만 멋있는 게 아니다. 음식 맛은 더 끝내준다. 엔살라다가 일품이다. 토핑으로 듬뿍 얹은 견과류와 다진 고기에 온갖 과일과 야채가 믹스 된 샐러드는 환상적인 맛이다. 곁들인 까냐 한 잔이 시원함의 정점을 찍는다. 맛있는 한 끼, 나를 나비처럼 나풀거리며 춤추게 한다. 내려가는 발걸음은 가볍기 짝이 없다. 걸은 게 아니라 날아갔으니까. 그리스인 조르바처럼 내게도 먹는다는 것은 매일 매일의 숭고한 의식이며, 나의 정신과 영혼의 원료가 됨을 길에서 확신한다.

도중에 팔백 년 된 고목 밤나무를 만난다. 사람 예닐곱 명이 팔을 쭉 펴도 다 두르지 못할 정도의 둘레인 거대한 고목이다. 일부는 고사되었지만, 일부에서 새 가지와 새잎이 돋아나 있다. 인간이 열 세대 이상 바뀔 정도로, 긴 시간을 묵묵히 살아낸 고목 앞에서 나는 참으로 왜소하고 보잘것없다. 마땅하다. 경외감에 절로 머리가 숙여진다. 자발적인 복종이다. 목신이 깃들어있음이 분명하다.

트리아 카스텔라가 보인다. 골목 끝에 우리 알베르게가 있다. 14인실이다. 빨래는 볕이 좋아 금세 마른다. 또 한 명이 확진됐다. 숙소가 어수선하다. 침착하자. 각자 조심하는 수밖에 없다. 골목길 한 레스토랑에 사람들이 북적인다. 동네 맛집인가 보다. 전식으로 조가비 요리와 와인을 시켰다. 버터 바른 조가비 구이에 와인은 맛을 상생한다. 세균도 요리인 비프스테이크도 엄청 맛있다. 맛있어 흥겨운 저녁 식사를 마치고 마을 산책을 나선다. 공동묘지로 변해있는 성당 터가 을씨년스럽다. 놀이터에서 그네도 타고, 미끄럼도 탄다. 엉덩이가 좀 끼지만 그래도 괜찮다. 재밌다. 밤하늘에 대고 크게 웃는다. 밤이기 망정이지, 허헛. 피곤함과 우울함과 불안함을 다 날려 보낸다.

도보 29일. 원시 날것 그대로의 숲

사리아로 가는 루트는 두 가지다. 사모스 루트와 산실 루트. 사모스 루트는 25㎞로 사모스 수도원을 보면서 에두르는 길이고, 산실 루트는 18.5㎞로 가팔라 상대적으로 짧은 길이면서 아름다운 숲길이란다. 망설이지 않고 산실 루트다, 콜! 6시 50분 출발한다. 길이 갈라지자 산길 쪽으로 간다. 아침에 곱게 단장한 보라 꽃, 하얀 꽃들이 길목에서 나를 맞는다. 예쁘다.

어제 본 800년 된 밤나무엔 못 미치지만 수백 년은 족히 되어 보이는 고목이 산길 가에 수두룩하다. 나이 들어도 얼마든지 멋있을 수 있음을 고목에게서 배운다. 깊은 숲속의 고목은 짧게 반짝 주목받기보다 오래도록 깊게 사랑받는다. 고목이고 싶다. 거대한 고목 줄기에 기생하는 덩굴식물과 목피를 감싸고 있는 이끼. 어느 것 하나 고목과 어울리지 않는 것이 없다. 원시 날것 그대로의 숲. 조화롭고 환상적인 아름다움을 선물한다. 지금 이 숲길도 어제오 세브레이로처럼 안개구름 속이다. 우중 산책이 아니라 운중 산책이다. 자연히 선녀 아니면 손오공 둘 중 하나다. 선녀가 낫겠다.

　고목 아래 흑석 판돌에 옥색 점선으로 된 매혹적인 문양이 있다. 처음엔 저게 뭐지 했다. 조금 더 가니 또 놓여있다. 자세히 보니 등산화 발자국을 추상화한 거다. 그 문양을 보고 자기 바로 들어오라는 홍보용 그림이다. 주인의 솜씨가 예사롭지 않다. 절로 유혹당하고 싶다. 길 따라 흐르는 실개천 물소리가 의외로 크고 시원하게 들린다. 숲길이 온통 초록 음이온으로 가득하다. 산실 루트에서 삼림욕을 옴팡지게 한다. 기관지 전체가 깔끔해지겠지. 멋진 솜씨로 뚜벅이를 유혹하던 바는 정작 문을 열지 않았다. 에고!

　길가에 앉아 치즈 반 조각과 토마토와 귤을 먹는다. 인제는 걷다가 허기가 지면 어디서든 퍼질러 앉아서 편히 먹는다. 누군가를 의식할 필요가 없어서 좋다. 이번 오미크론 확진자 대부분이 많이 피곤해하면서 입맛을 잃었다. 우리 둘은 입맛을 잃지 않아 그나마 다행이다. 아니, 맛이 좀 없어도 잘 먹어야 견딘다는 확신을 갖고 있기에 억지로라도 먹었다. 그래서 무탈하게 잘 버티고 있다.

    퇴락한 작은 교회. 작은 집에 종탑 하나 얹혀있는 게 다. 아무도 돌보지 않는 듯하다. 들여다보니 예수님상과 성인상 등 성물이 거미줄과 먼지를 뒤집어쓴 채 방치되어 있다. 이런 곳이 한두 군데가 아니다. 풀밭에 집 나온 수탉 두 마리가 유유히 거닐고 있다. 저들의 안중에 나는 없다. 내가 오히려 눈치를 보며 걷는다. 얼마나 잘 먹고 잘 뛰어놀았는지 깃털에 윤이 좌르르 흐른다. 숲길 고목의 큰 뿌리와 잔뿌리, 깔린 암석과 이끼, 고사리와 수많은 잡초 어느 것 하나 조화롭지 않은 것이 없다. 자연(自然)의 한자어 뜻이 왜 스스로 그러함인지 깨닫는다. 별유천지 비인간. 낙원이 있다면 이런 곳 아닐까?

    드디어 허름한 농가를 개조한 바를 만난다. 어찌나 반갑던지. 입구 테이블에 과일과 음료 쿠키 등이 있고, 곁에 조그마한 도네이션 통이 놓여있다. 산속에 문을 연 바가 없어서 모든 뚜벅이가 다 들어온다. 오트밀에 우유 타서 먹고, 바나나와 쿠키도 가져와 먹었다. 젊은 주인장, 추측건대 그는 순례 중에 그냥 빈 촌집에 눌러앉은 것 같다. 자유로이 예술 활동도 하고 생계 유지를 위해 간단한 차나 간식도 팔고 있다. 흑판석에 그린 그림이나 글씨는 약간 어설퍼 보인다. 하지만 자유롭게 자기가 좋아하는 글귀를 적어놓은 것 자체가 보는 이로 하여금 어떤 울림을 준다. 'All I need is love— 내게 필요한 건 사랑뿐 —.'와 'La vie est belle— 인생은 아름다워 —.' 등의 문구가 눈에 띈다.

그래 맞는 말이다. 기분 좋게 10유로 지폐와 남은 동전을 죄다 도네이션 한다. 빈 의자에 앉아 햇볕 바라기를 하던 애꾸눈의 살찐 고양이도 그리울 것 같다. '사랑해요 모두'라고 적어놓은 한글 낙서마저도 정겹다. 모두 안녕!

휘어진 산길 세로 비탈진 둔덕에 나무 두 그루가 가위 모양으로 누워있다. 쓰러졌지만 좀 더 강한 나무가 약한 나무를 받치면서 둘 다 살아있다. 비록 가위 모양으로 길 위에 비스듬히 누워있긴 하지만. 저 나무도 우리 둘처럼 공생하며 산다. 혼자서는 힘든 생의 길이니까. 커다란 고목에 뚫린 구멍이 마치 입을 한껏 벌린 요괴 같다. 첩첩산중 드넓은 초원이 안개구름 속에 잠겨있다. 뿌연 안개구름을 뚫고 해가 한 줄기 빛으로나마 제 모습을 드러내려고 애를 쓴다. 고갯길을 오르는 친구 뒤로 안개구름이 한순간 와르르 몰려왔다가 사라진다. 신기한 풍경이다. 풀밭에 앉아있는 흰 소 무리를 본다. 놀랍다. 왠지 좋은 일이 있을 것만 같다. 흰 소는 깨달음을, 지혜를 상징하지 않나? 혹시 내가? 착각이라도 기분이 좋다.

여기도 퇴락한 성당 뒤뜰이 공동묘지로 변해있다. 인간은 죽어서도 신의 품에 안기고 싶은가 보다. 욕심쟁이다. 구름 속을 실컷 걷는다. 12시 30분에 사리아에 도착한다. 역시 산실 루트가 지름길이다. 모처럼 여유롭다. 사리아 중심가 유명한 뽈뽀 식당에서 점심으로 뽈뽀 큰 접시와 까냐를 시킨다. 혀에 착 달라붙는다. 고생한 보람이 있다. 뽈뽀 작은 접시와 까냐 한 잔을 추가한다.

맥주를 두 잔씩이나 마신 건 처음이다. 뿔뿔로 배를 채우다니 너무 행복하다.

사리아는 중세부터 오늘날까지 성지 순례의 중심지 역할을 하는 도시다. 800㎞ 전 구간을 걸을 수 없는 순례자에게 사리아에서부터 산티아고 데 콤포스텔라까지 100㎞만 걸어도 순례자 증서의 요건을 부여한다고 하니 사람들이 쉽게 걷기를 시도하는 출발지인지라 갑자기 순례객 수가 불어나는 곳이기도 하다. 언니도 코로나 터지기 직전에 형부랑 여기서부터 걸어서 산티아고까지 간 적이 있다.

강변의 공원길을 따라 뜨거운 햇볕도 아랑곳하지 않고 기분 좋게 걷는다. 까냐 두 잔에 알딸딸하다. 음주운전은 안 되지만 우리는 이미 땀도 한 됫박 흘리면서 오늘 길을 다 걸어서 괜찮다. 알폰스 호텔이다. 다 왔다. 호텔에서 짐을 풀고 좀 쉬다가 시내로 장을 보러 나온다. 슈퍼에서 과일 장을 주로 본다. 수박 1/4 쪽, 토마토, 사과, 복숭아 등 양껏 산다. 부자가 된 기분이다. 배가 차서 여름에 찬 수박을 먹지 않는 내가 여기서 수박을 잘도 먹는다. 저녁으로 스페인 컵라면 뽀요를 먹는 것도 그렇고. 지금의 나는 한 달 전의 내가 아니다. 돌아가면 나를 알아볼까? 하하. 짐 정리를 하고 비야프랑카에서 산 잠옷을 둘이서 꺼내 입고 실없이 파자마 파티라고 까불며 떠들고 웃다가 이야기하다가 잠이 들었다.

5/13 금

도보 30일, 지금 이 숲길을 추앙한다

　호텔에서 모처럼 꿀잠을 잤다. 7시에 옥이가 깨워 겨우 일어난다. 짐 정리를 하고 배낭을 꾸리고 있는데, 팀원들이 왜 조식 먹으러 안 내려오는지 걱정한다. 호텔 침대가 너무 좋아 가기 싫다고 너스레를 떤다. 캐리어와 카고 백을 끌고 로비로 내려가니 거의 다 앞다투어 출발하고 있다. 역시 우리는 공자님 후예다. 당황하지 않고 구운 빵과 콘플레이크와 우유, 과일과 요거트, 커피를 빠짐없이 챙겨와 아침을 단단히 먹는다. 요거트와 과일은 배낭에 챙겨 넣고 키를 반납하고 8시 15분경에 출발한다. 마음은 그저 평온하기만 하다.

　길가에 붉은 동백꽃이 수북이 쌓여있다. 해운대 동백섬의 동백이 불현듯 그립다. 폐가 잔 꽃무리. 어제 고개 넘으면서 앉아서 쉴 때 보던 그 예쁜 꽃들이다. 고개 쉼터에 사리아를 상징하는 문양이 조각되어 있다. 몇 년 전 여기서부터 걸었을 언니와 형부 생각이 난다. 아침 사리아가 안개 속에 갇혀있다. 아치형의 석조다리는 크든 작든 한결같이 아름답다. 다리 가장자리는 흙이고, 가운데에는 화강석을 길게 깔아둔 게 특이하다. 인간이 만든 다리이나 자연스러워서 태초부터 있던 신의 창조물 같아서 볼 때마다 감동이나. 아쉬워 다리 난간에 걸터앉아 하릴없이 사진만 남긴다.

연두에서 초록으로 명명하기 힘든 다양한 색채의 숲이 나를 홀리는 길이다. 수백 년은 족히 되어 보이는 밤나무, 신갈나무 고목 수십 그루가 도열하여 나를 반긴다. 거목 천지인 이 숲길에서 인간 백세시대를 자랑하는 건 좀 좀스럽다. 입 다물고 공손히 걸어야지. 어제와 오늘의 숲길. 많은 수목과 수풀이 뿜어내는 피톤치드로 몸과 맘이 온통 푸르게 변한다. 지금 이 숲길을 추앙한다, 길교 맹신자로서. 이런 길은 하루 종일이라도 너끈히 걷겠다.

시멘트길에 잡초가 무성하게 깔려있어 발바닥이 무지 좋아라 한다. 베인 나무 밑동에서도 가지가 뻗어 나와, '나 살아있어!' 하고 외치는 숲. 목장의 말 한 마리, 뭐가 불만인지 혀를 연신 낼름거리며 울타리 쇠파이프를 핥아댄다. 희한한 놈일세. 말의 커다란 이빨과 혓바닥과 콧구멍을 이리 가까이 보긴 처음이다. 친구는 말을 다정하게 쓰다듬는데 나는 겁이 나 만지지 못한다. 바에서 오렌지 주스를 마시고 세 요를 찍는다. 햇볕이 심하게 내리쬐어서 기미 방지 자외선 패치를 꺼내 뺨에 척 붙이고 나선다. 햇빛에 맞서 당당하게 걸어가고 있는데 갑자기 사방이 확 어두워진다. 뭐 이래, 참 얄궂다.

하늘을 보니, 세상에! 회오리 구름이 하늘로 솟구쳐 오른다. 이 불길함은 뭐지? 갈라시아 날씨가 변덕스럽다 해도 이 정도일 줄이야! 판초를 카고 백에 두고 왔는데. 낭패다. 비가 후드득 듣기 시작한다. 급히 배낭에 방수 커버를 씌운다. 모자는 방수가 되니 머리는 괜찮고, 몸만 젖을 각오로 뛰다시피 걷는다. 비가 많이 뿌리지 않아 옷이 심하게 젖지 않아 다행이다. 뭐라, 다행이라고? 너, 맛 좀 봐라 하듯 갑자기 소나기가 쏟아진다. 헐! 바가 코앞에 있어 뛰어 들어가 소나기를 피한다. 지나가는 비일 거야. 이것 또한 지나가겠지. 비가 좀 가늘어진다. 에라, 모르겠다. 그냥 비에 젖지 뭐. 시원하게 비를 맞으며 걷는다.

바가 나온다. 점심시간이라 들어가서 떼꼰레체 두 잔과 케이크 한 조각을 시키고 싸온 계란과 복숭아를 꺼내 먹는다. 쏴아 하고 지붕에 떨어지는 빗소리가 요란하다. 심란하다. 뛰어 들어온 순례객들 죄다 생쥐 꼴이다. 다시 날이 개기 시작한다. 변덕이 개죽 끓듯 하는 날씨다.

길가에 조그마한 성당이 있다. 성모 마리아가 예수님 바로 위에 모셔저 있다. 봉창만 한 돌창으로 한줄기 쏟아지는 햇살이 참 곱다. 버려진 이 작은 교회당도 잔잔한 감동을 준다. 페레이로스 마을에 이르니 순례길이 이제 100㎞ 남았음을 알리는 표지석이 있다. 가슴이 벅차다. 옆에 하얀 백합꽃이 한 무더기 피어있다. 700㎞를 걸어낸 걸 축하하는 꽃다발인가? 기분이 좋다.

고목 아래 제단 모양의 대리석이 있다. 여기도 목신을 숭배하는 풍습이 있나? 이층으로 된 돌탑에도 순례객이 소원 성취를 바라며 많은 돌을 얹어놨다. "문옥아, 혹시 삼층석탑이 무너져서 이층석탑이 된 건 아닐까?" 하며 웃는다. 장난기가 발동해 표지석 위에 올려진 돌 하나를 치켜들고 용을 쓰는 척하며 사진을 찍는다. 또 웃는다.

작은 촌락에 들어서니 골목길 담장 안에 요상하게 생긴 게 집집이 하나씩 있다. 벽면과 지붕은 석조물로 사당처럼 멋지게 장식되어 있고, 양쪽 벽면은 나무를 길게 잘라 바람이 잘 통하게 줄을 맞추어 붙여놨다. 도대체 뭐지? 궁금했다. 알베르게에 도착해서 츤데레 신 선생한테 물어보니 씨알곡식 저장소라 한다. 아, 그렇구나. 농부에겐 내년에 심을 씨알을 보관하는 곳이니 신당만큼 소중한 곳이지. 그러니 신당처럼 정성껏 만들어 놨지.

우거진 숲을 뚫고 내리쬐는 투명한 연둣빛 햇살, 몽환적이다. 묵혀놓은 밭에 핀 보라 꽃무리, 라벤더인지 범꼬리풀인지 꽃향유인지 잘 모르겠다. 간간이 핀 노란 층층이 꽃도 한데 어우러져 아름다운 꽃밭이 된다. 돌확같이 생긴 샘터의 차가운 물에 손을 씻는다. 온몸이 시원해진다. 길에선 만난 고양이 한 마리, 겁도 없이 다가와 내 다리에 제 몸을 마구 비빈다. 친구한테도 가서 비비적거린다. 빤히 쳐다보며 눈을 깜빡인다. 나도 눈을 깜빡이며 인사를 나눈다. 눈빛이 너무 애처로워 그냥 갈 수가 없다. 배낭 속 치즈를 꺼내주니 물고는 돌담 위로 올라가 허겁지겁 먹는다. 배가 무척 고팠나 보다. 철 십자가에 사진이 여럿 걸려있다. 순례객의 절절한 그리움이다. 여기에 다 내려놓고 갔다.

짜장, 길가 가게에서 컵라면과 햇반을 판다. 얼씨구나! 들어가 보니 한국관이라 써놓은 방 하나가 따로 마련되어 있다. 태극기가 걸려있고, 큰 포트 옆에 김치 컵라면과 햇반이 잔뜩 쌓여있다. 젓가락까지 챙겨났다. 세상에! 너무 맛있어 두 손 들었다. 행복하다. 이런 오지에 한국관을 따로 마련할 생각을 하다니. 독도 지도도 있고, 제주도 올레길 지도도 벽에 걸려있다. 대단하다. 국물 한 방울 남기지 않고 다 먹어치운다. 우리가 구상했던 라면 사업, 스페인 현지인이 선수를 쳤으니 물 건너갔다, 하하. 기념 배지도 사고, 갖고 싶었던 소리 맑은 워낭도 하나 산다. 세요도 찍고 배도 부리고 기념품도 사서 대단히 만족스럽다. 배낭에다 워낭을 달고 신나게 걷는다. 뚜롱 뚜롱 뚜로로롱 소리가 참 맑고 곱다. 내가 촐싹거리면 소리도 따라 요란을 떨고 내가 차분하게 걸으면 저도 따라서 점잖은 소리로 답한다.

워낭 소리에 맞춰 막춤을 추듯이 깨방정을 떨면서 포르토마린을 향해 걷는다. 미뇨강을 가로지르는 엄청난 길이의 다리를 건넌다. 내려다보니 아찔하다. 낙동강 넓이만 하다. 산속에 어찌 이런 멋진 마을이 있지? 다리를 지나니 정면에 급경사로 길게 뻗어있는 돌계단이 위압적이다. 올라가는데 다리가 후들거린다. 고소공포증이 있다. 굴러떨어질 것 같다. 캄보디아 앙코르와트 돌계단에서도, 미얀마 사원의 돌계단에서도 네 발로 기다시피 올랐지. 계단 끝의 아치문을 통과하니 드디어 마을이 나온다. 참 신기하다. 알베르게에 3시 40경에 도착했다. 여기는 간판이 죄다 갈라시어로 되어있다. 낯설다.

숙소가 다인실이지만 우리 침대가 입구 쪽에 있어서 그나마 다행이다. 마스크를 철저히 쓰는 것만이 살길이다. 22명 중 음성은 5명뿐이다. 한국에서 이미 걸려서 온 사람 말고 현지에서 PCR 검사 결과 음성인 자는 우리 둘뿐이니 끝까지 조심해야 한다. 저녁은 파프리카와 계란, 요거트와 복숭아, 토마토로 자체 해결한다. 그래도 풍성한 식단이다. 잘 먹어야 잘 버틴다. 진리다. 빨래를 걷고 하루를 대략 기록한다. 내일 입을 옷을 챙겨놓고 잠자리에 든다.

5/14 토

도보 31일. 명품 자가용보다 더 멋있다

포르토마린에서 팔라스 데 레이까지 25.5㎞

비가 예보되어서 출발을 서두른다. 푸른 담쟁이 망토를 걸친, 검은 포르토 마린 아치문이 청회색 구름과 불그스름한 여명을 깔고서 우뚝 서있다. 아치 문을 통과할 때, 전장에 나서는 결의에 찬 장수가 된다. 비장하게 발걸음을 옮긴다. 얼룩덜룩한 돌이끼로 뒤덮인, 급경사 돌계단이 주는 위압감에 다리 가 경직된다. 올려다보니 까마득한 돌계단이 아침 하늘에 닿아있다. 어젯밤 내가 머문 곳은 천국이었을까? 계단을 내려가며 길을 떠나는 마음이 평온하 니, 앞에 놓인 길도 다 천국으로 가는 길이겠지.

뻥 뚫린 평원길 잿빛 구름 아래 드문드문 서있는 소나무 실루엣 사이로 희

뿌연 아침이 열리고 있다. 흐리든 맑든 아침은 언제나 경이롭다. 손을 모으지 않아도 기도하게 된다. 오늘 하루도 맑고 향기롭게 살아가겠다고. 걷다 보면 마음이 절로 백지처럼 희어진다. 무심하면 분별심이 사라지면서 나와 네가, 나와 풍경이 저절로 하나가 되어버린다. 폐허가 된 공장 부지를 지난다. 한 때는 큰 공장들이 들어서서 활기를 띠던 곳. 날씨마저 흐리니 더 을씨년스럽다. 차도 갓길을 따라 하염없이 걷는다. 밀밭 평원길은 먹구름 낀 하늘에 가위눌려서 납작 엎드려 있다. 신갈나무 숲길을 걷는다. 평원길보다 숲길이 오히려 더 밝은 느낌이다. 연초록 나뭇잎이 그 자체로 빛을 발하나 보다.

열 시가 다 되어 간다. 마이오르 마을 바에서 카페콘레체와 마른 빵으로 간단히 요기를 한다. 친구가 허기져서 힘들어한다. 밥때가 늦어서 그렇다. 좀 더 가서 제대로 된 음식을 먹어야지. 마당에 전시된 조각품이 하나같이 조악하고 어설프다. 기교라고는 없는 서툰 조각품이 도리어 더 사람의 눈길을 끄니, 참 묘하다. 한 사오십 분 더 걸었나? 오스피탈 데 라 크루스에 제법 큰 바가 있다. 엄청 붐빈다. 발 빠른 내가 뛰다시피 가서 음식을 주문한다. 둘이라 이럴 때는 상당히 효율적이다. 하나가 줄 설 때 하나는 화장실도 다녀오고 짐도 지키고 자리도 잡고 한다. 서툰 스페인어로 음식을 시키면 친구가 정산을 한다. 환상의 콤비다.

카페콘레체에 계란 프라이와 소시지 하몬 든 빵과 감자튀김을 푸짐하게 시켜 지친 몸에 에너지를 충전하니 그제야 정신이 든다. 주위가 둘러봐진다. 손수레 하나가 눈에 들어온다. 남편은 무거운 짐이 실린 바퀴 달린 수레를 끌고 아내는 묵묵히 뒤를 밀며 따라간다. 어깨에 배낭을 지는 것보다 손수레를 끄는 게 더 편해서 제작한 수레라 한다. 명품 자가용보다 더 멋있다. 순례 길 위에는 참으로 다양한 사람이 자신만의 방식으로 길을 걷는다. 속도와 수단과 방법은 제각각이지만, 자신만의 짐을 지고, 자신만의 속도로, 자신만의 방법으로 길을 간다. 그래서 이 길이 더 아름다운가 보다.

흙길 가에 노란 스페인 개나리가 흐드러지게 피어있다. 정확한 꽃 이름은 모른다. 그건 중요치 않다. 그냥 스페인 개나리라 부른다. 조그만 성당, 눈멀고 귀먹은 관리인이 더듬거리며 잠긴 성당 문을 열어준다. 종을 치고 세요를 찍고 도네이션을 하고 나온다. 하루 종일 먹구름이 잔뜩 껴 흐리지만 큰비가 쏟아지지는 않아 오히려 걷기 좋다. 차도 가에 커다란 버섯 모형이 쭈루니 있다. 버섯이 많이 나는 마을인가? 농가 마당에 오리와 거위가 한가로이 거닐고 있다. 쳐다보고 있으니 한 외국인이 우리 둘이 오리를 바라보고 있는 모습을 찍고 싶다 한다. 흔쾌히 응한다. 둘이 활짝 웃으면서 모델이 된다.

갑자기 소나기가 퍼붓는다. 비를 맞으며 미친 듯이 걷는다. 빨리 뛴다고 비를 덜 맞는 건 아니나 걸음이 절로 빨라지는 건 어쩔 수 없다. 비가 거짓말처럼 뚝 그친다. 갈라시아 지방의 변덕스러운 날씨를 그대로 보여준다. 개미

조형물이 있는 넓은 정원의 바에서 점심으로 또띠야와 까냐를 시켜 먹는다. 땡볕길이 아니어서 다행이다. 천우신조의 날씨다. 너스레를 떨면서 지친 발걸음을 달래며 걷고 또 걷는다. 하늘이 새파랗게 갠다. 땅이 어느새 다 말랐다. 청명한 하늘. 비에 씻겨 말간 숲길이 이어진다. 2시경에 팔라스 데 레이에 도착한다. 알베르게를 확인하고 4시경에 레스토랑에 가서 이른 저녁을 시킨다. 프로틴 백 프로에 맛까지 더한 스테이크와 뽈뽀와 와인으로 근사한 저녁 만찬을 즐긴다. 건배. 오늘 하루도 잘 걸었다고 몸한테 장하다고 격하게 칭찬하면서.

5/15 일

도보 32일. 열심히 걸은 자여, 양껏 시켜 먹어라

팔라스 데 레이에서 아르수아까지 30.5㎞

7시경에 비가 부슬거려 판초를 입고 출발한다. 시작부터 몸이 무겁다. 오늘은 이번 도보 일정 중 최장거리로 30.5㎞를 걸어야 한다. 마음을 비우고 걸어야지. 한 시간쯤 지나니 비가 좀 든다. 다행이다. 판초를 걸치고 걸으면 답답하고 거추장스럽다. 훌렁 벗고 걸으니 한결 가볍다. 촌락의 담벼락 담쟁이 비에 젖어 섹시하다. 곡식 저장고와 공동묘지가 되어버린 성당이 샛길 양쪽에 나란히 있다. 저장고의 씨알은 저 속에서 잘 견디고 있다가 내년 봄에 대지에 새 생명을 틔우겠지만, 공동묘지의 시신은 썩어서 대지로 돌아가겠지. 서로 이어져 있네. 대지는 다시 씨알을 품는 자궁이 되고, 자궁에서 또 생명이 나고 자라고 그러다 다시 대지로 돌아가고. 끊임없이 생이 이어지네.

갈라시아 지방, 비가 잦아서 그런지 숲의 신갈나무는 온통 이끼와 덩굴로 시퍼렇게 휘감겨져 있다. 음이온 피톤치드가 온몸의 세포를 뚫고 들어온다. 숲길은 음전하면서도 상쾌하다. 흙길은 촉촉해서 좋다. 앞에 노란 우비를 걸친 여인 4명이 나란히 걷고 있다. 노랑나비 같기도 하고 팅커벨 같기도 하다. 보고 있으니 절로 행복해진다. 그들은 힘겹게 걷고 있겠지만 내 눈에는 나비 네 마리가 나풀거리며 날아다니는 형상이다. 사람이 아름다운 풍경의 일부가 된다. 2시간 반쯤 걸었나? 길가에 주저앉아 사과와 간식을 꺼내 먹으며 쉰다. 장거리를 걸을 때는 정말 때맞추어 잘 쉬어야 한다. 제대로 못 쉬는 사람은 제대로 못 걷는다. 팜브레강이 나온다. 강물에 비친 하늘은 잔뜩 찌푸려 있다. 농가 마당 안에 양 떼들이 풀을 뜯고 있다. 목장이 따로 없다. 살이 통통히 올라 털이 수북한 궁둥이를 한껏 치켜들고 열심히 풀을 뜯고 있다. 지나가는 뚜벅이에게는 일도 관심이 없다. 무심한 녀석들.

　제법 큰 주택가 길을 지나간다. 공장의 벽면에 그려진 거대한 벽화가 눈길을 끈다. 전체적으로 청백색으로 채색된 상반신 인물화로, 양봉을 하는 나이든 아버지상이다. 세상의 모든 아버지를 대신하는 듯하다. 자식을 먹여 살리고 공부시키기 위해 최선을 다해 사셨던 아버지가 몹시도 보고 싶다, 힝힝!

　다섯 시간 경과. 절반인 15㎞ 넘게 걸었다. 멜리데 마을에 도착한다. 유명한 뽈뽀 요릿집이 길모퉁이에 있다. 수완 좋은 주인이 문어 다리 썬 걸 맛보라 한다. 입에서 살살 녹는다. 어찌 그냥 지나치겠나! 엄청 큰 뽈뽀 식당이다. 홀 안 테이블과 좌석 수가 장난이 아니다. 순례객이 계속 들어온다. 열심히 걸은 자여, 양껏 시켜 먹어라. 뽈뽀 큰 접시와 샐러드, 시원한 까냐 그리고 감자우거지수프까지 시켜 맛있게 먹는다. 기력 회복에는 역시 고단백 문어가 최고야. 우거지수프 맛도 일품이다. 캬아, 시원한 맥주 한 잔이 정점을 찍는다. 아마 한국에 돌아가면 기막힌 뽈뽀 맛이 많이 그리울 거다.

부러울 게 없네, 배가 부르니. 다만 오늘 길이 너무 긴 게 탈이지. 길은 말 없이 가만히 엎드려 있다. 죽어라 걷다 보면 저도 언젠가는 꼬리를 내리고 나를 반기겠지. 목장의 누렁소도 배가 부른지 풀을 뜯지 않고 고개를 들고 느긋이 주변을 해찰하고 있다. 코뚜레도 없고 워낭도 없다. 그저 자유로울 뿐이다. 뿔이 좀 긴 것 빼곤 우리나라 소처럼 순하게 생겼다. 작은 개울의 징검다리를 건넌다. 커다란 돌덩이로 된 징검다리가 정겹다. 황순원의 「소나기」속 어린 소녀가 거기 있다.

숲길에 들어서니 예의 피톤치드향과는 다른, 은은하면서도 상큼한 향기가 훅 밀려온다. 정신이 아뜩해진다. 하늘 높은 줄도 모르고 위로 곧게 쭉쭉 뻗은 숲이나. 서 나무가 레인보우 유칼립투스 나무라 하나. 나를 황홀경에 빠뜨린 향기가 바로 유칼립투스향이라니! 성장 속도가 무지하게 빨라 100m까지 자랄 수 있는 나무란다. 무엇이든 처음 만나는 것은 다 사람을 들뜨게 한다. 숲길에 널브러져 있는 목피와 이파리를 코에 갖다 대니 짙은 향이 묻어나온 다. 온몸에 유칼립투스향이 밴다. 황홀하다. 이 길만큼은 쉬이 접히지 않았으 면 싶다. 친구가 지쳐 보인다. 누적된 피로 탓인지 맥없이 걸어온다. 그래도 참 장하다. 내 모습도 저렇겠지. 지쳐도 친구가 곁에 있고, 길이 고와서 행복 하다. 지쳐 헛소리가 나온 것일 수도 있다. 그래도 괜찮다.

3㎞를 남겨 두고 휴식을 취한다. 남편이 보낸 장문의 톡을 읽으며 위로를 받는다. 변함없이 자기 자리를 지키면서도 영적으로는 이국 만 리 스페인 산 티아고 길을 함께 걸으면서 나를 격려해 주는 사람. 내 빛이자 그림자인 그 가 나를 일으켜 세운다. 마지막 힘을 짜내며 걷는다, 아르수아를 향해서. 눈 앞의 마을이 목적지였으면! 마을이 나올 때마다 헛꿈을 꾸다가 실망하기를 되풀이한다. 드디어 아르수아다. 30.5㎞를 걸어냈다. 많이 힘들었지만 막판 스퍼트까지 하면서 모처럼 선두그룹 후미에도 잠시나마 끼어봤다. 처음으로 넓은 알베르게 창가 아늑한 자리를 차지하는 호사도 누린다. 오, 면 침대 커 버와 베개 커버다. 행복은 참으로 가볍고 사소하다. 짤순이도 있다. 어제 다 못 말린 빨래를 볕에 다시 널어 말린다. 볕마저 좋다.

숙소에 딸린 식당에서 이른 저녁으로 암부르게사라 불리는 햄버거와 콜라 를 주문한다. 한 30분 정도는 기다린 것 같다. 바로 나오는 우리나라 햄버거

가게가 그립다. 모든 것이 느긋하다. 빨리빨리에 익숙한 우리와는 참 대조적인 모습이다. 인제 익숙할 만도 한데 여전히 불편함을 느낀다. 스페인 식당 직원을 우리나라 매장으로 실습 보내야 한다는 헛소리를 해가며 참고 기다린다. 긴 기다림의 끝에 나온, 육즙이 흐르는 두꺼운 쇠고기 패티와 치즈 하몬이 든 암부르게사. 맛이 끝내준다. 기다릴 만한 맛이다. 불평은 금세 사라진다. 둘 다 살아났다. 길 건너편 대형 마트로 산책 겸해서 장을 보러 간다. 바람이 엄청 세다. 감기 조심해야겠다. 옷을 얇게 입어 서둘러 마트 안으로 들어간다. 바나나, 대왕 파프리카, 토마토 모두 다 해서 2.5유로다. 과일값 하나는 엄청 싸다. 게다가 당도는 엄청 높다. 겔파스를 다리 전체에 발라 정성껏 마사지를 하면서 대단한 다리와 발에 고마움을 표한다. 달콤한 휴식을 취한다.

5/16 월

도보 33일. 비 내리는 밤 한뎃잠을 자다니

아르수아에서 페드로우소까지 19.5km

7시 출발. 밤새 비가 많이 왔나 보다. 판초를 입고 걷는다. 비에 젖은 숲길. 천상의 유칼립투스향 알갱이들이 비에 젖은 화초와 곰삭은 흙에 섞여 길 위에서 구르고 있다. 사방이 천지가 유칼립투스향이다. 지금 이곳이 천국이고 극락이다. 비가 오거나 구름 잔뜩 낀 와중에도 아침은 어김없이 밝아온다. 먼동이 트는 동쪽, 야산 실루엣 사이로 붉은 기운이 짙어진다.

그런데 어느 폐가 빗방울이 떨어지는 처마 아래에 길쭉한 마대 자루 같은 것이 눈에 띈다. 저게 뭐지? 세상에나! 노숙한 순례자다. 배낭과 흙이 잔뜩 묻은 낡은 등산화가 곁에 가지런히 놓여있다. 밤새 비가 내렸는데 한뎃잠을 자다니. 무슨 사연일까? 간혹 머리까지 올라오는 큰 배낭에 침낭과 깔개를 지고 가는 순례객을 보기는 했다. 하지만 저렇게 풍찬노숙하며 고행하는 건 처음 본다. 부엔 까미노! 그가 별 탈 없이 일어나서 다시 무사히 길을 걷기를 진심으로 빌며 조용히 지나간다.

길가 조그만 바. 무지 반갑다. 마당을 아주 예쁘고 정갈하게 꾸며 놨다. 소달구지에 친절한 까르멘이란 뜻으로 아마블레 까르멘이라 적혀있다. 여주인이 까르멘인가? 카페콘레체와 계란 프라이와 치즈 소시지 한 접시를 주문한다. 계산을 하는 주인아저씨, 인상은 선하나 말이나 몸동작이 어눌해 보인다. 장애가 있나 보다. 아내는 주방에서 바쁘게 요리 중이다. 우리가 첫 손님인 듯하다. 오늘 이 부부의 가게에 많은 손님이 찾아와 부부가 행복해지길 기원한다. 커피에 우유가 듬뿍 들었고, 계란 프라이 소시지 치즈 빵이 다 맛있다. 지나가려던 순례객에게 "올라! 꿰 리꼬— 엄청 맛있어요 —!"를 외치며 맛집임을 알린다. 혹해서 줄줄이 들어온다. 우리 둘의 호객행위가 톡톡히 효과를 봤다. 기분 좋게 바를 떠난다.

지평선에 먹구름이 낮게 깔려있다. 많은 비가 쏟아질 것 같다. 문제없다. 판초를 입었으니. 내렸다 그쳤다를 반복한다. 나쁘지 않다. 국도 위 철교에 순례자들이 온갖 낙서를 다 해놨다. 아나, 왜들 그래! 숲길 둔덕 나무뿌리 밑 바위에 음각으로 십자가가 파여있다. 그 틈새에 어김없이 망자의 사진과 돌이 켜켜이 쌓여있다. 그 주변에도 조그만 십자가가 수십 개 새겨져 있다. 사랑하던 이의 사진을 비에 젖지 않게 하려고 바위에 칼로 홈을 판 것 같다. 너도나도 다 그리운 이를 한 사람쯤은 가슴 속에 품고 왔을 테니까.

독특한 곡식 저장고가 있다. 마을 골목길 양쪽 집 담벼락에 축대를 쌓아 육교처럼 걸쳐서 만든 곡식 저상고가 있다. 이런 형태는 처음 본다. '두 집 다 우리 집이야.' 하고 과시하는 듯하다. 길모퉁이에 참으로 신기한 바가 있다. 나무판에 못을 박아 작은 맥주병 수천 개를 꽂아서 멋진 작품으로 만들어 놓은 집. 손님이 마시는 맥주병이 계속 나오는 한, 주인의 작품 활동은 계속되겠지. 호기심에 사진만 찍고 지나가는 건 좀 아니지 싶어, 까냐 2병을 시키고 쉬었다 가기로 한다. 그 집의 크고 순한 개와 고양이도 볼 겸해서. 여기도 우리가 들어오고 난 뒤 손님이 슬슬 따라 들어오기 시작한다. 기분이 좋다. 홀가분한 마음으로 일어선다.

순례 도중 죽은 이를 추모하는 비문과 그의 낡은 등산화 조각이 있다. 눈물이 핑 돈다. 그는 행복한 사람일 것 같다. 좋아하는 길 위에서 마지막을 맞이했으니까. 8km쯤 남은 지점에서 폭우가 쏟아졌다. 비가 내리치는데 설상가상 강풍까지. 고스란히 비를 두들겨 맞고 걷는다. 판초가 격하게 펄럭인다. 안경알에 빗물이 흘러내려 앞이 안 보인다. 판초를 타고 빗물이 줄줄 흐른다. 스틱을 쥔 장갑은 다 젖었고, 등산화도 빗물과 진흙탕에 엉망진창이다. 달리 방법이 없다. 무작정 비바람을 처맞고 걷는 수밖에. 마지막 페드로우소 알베르게를 향해 물에 빠진 생쥐 꼴로 철벅거리며 하염없이 걷고 또 걸을 뿐이다. 혼자였으면 얼마나 기막히고 외로웠을까! 함께하는 친구와 다른 도반이 있어서 힘을 낸다.

　1시경에 도착했다. 일찍 도착한 편이라 모처럼 세탁기로 빨래도 할 수 있다. 오늘이 알베르게에서 자는 마지막 날이다. 전 부장이 주방에 특식으로 미역국과 쌀밥, 김치찌개, 양배추김치, 김칫국을 정성껏 준비해 두었다. 비에 젖은 몸의 고단함이 맛있는 음식으로 다 날아간다. 신문지를 얻어 등산화 속에 구겨 넣고 드라이기를 빌려 겉도 말린다. 물에 푹 젖어 쉽게 마르진 않을 것 같다. 내일이면 산티아고에 입성한다. 카고 백을 비우고 큰 캐리어로 짐을 다 옮긴다. 내일은 첫새벽에 출발하기로 한다. 산티아고에서 정오 미사를 보려면 기상 시간보다 1시간 일찍 기상해야 얼추 시간이 맞을 것 같아서다. 이른 저녁 컵라면, 토마토, 양배추김치로 나름 맛난 저녁을 먹고 후식으로 뜨끈한 차와 비타민을 챙겨 먹고는 잘 준비를 한다. 마지막 알베르게의 밤이 깊어만 간다.

5/17 화

도보 34일. 욕망이 꿈으로 꿈이 현실로

페드로우소에서 산티아야고 데 콤포스텔라까지 20.5㎞

비가 예보됐다. 오늘이면 800㎞ 중 페드로우소에서 산티아고 데 콤포스텔라까지 마지막 20.5㎞만 남아있다. 근데 꼭두새벽에 마지막 알베르게에서 참으로 신기한 꿈을 꿨다. 평소 집에서도 꿈을 잘 꾸지 않는데. 새벽녘 꿈이 너무 생생하다. 친구랑 둘이 처져서 길을 헤매고 있다. 보랏빛 등꽃인지 붉은 줄장미인지 꽃이 주렁주렁 매달려 있는 비밀의 정원에 발을 들여놓으며 주변을 두리번거린다. 아름답고 신비한 그곳 현판에 '오스피딸 데 미네르바'라 적혀있다. 미네르바는 로마신화 속 지혜와 무용(武勇)의 여신인 아테나의 다른 이름으로 평소 내가 바라던 여신 중 하나였다. 정원 이름을 종합하면 지혜와 용기를 주는 병원이란 뜻이다. 그때 미소를 띤 백발의 외국인 여인이 나타나, 더 이상 헤매지 말고 여기서 편히 머물러도 된다고 말씀하신다. 한 장면으로 이루어진 찰나의 꿈. 깨고 나서도 꿈이 너무나 생생하였다.

꿈에서 깨어나 나를 바라봤다. 목에 두른 가제 손수건에 수놓인 글이 눈에 들어온다. 딸이 선물한 손수건. '우리 엄마, 꽃길만 걸으세요. 사랑해요.' 붉은 실로 곱게 새겨진 글귀. 순간 문득 내가 산티아고 데 콤포스텔라를 향한 순례길의 고된 여정에서 깨달음을 얻은 게 아닌가? 나를 제대로 만나기 위해 나선 길 위에서 마침내 자비와 지혜의 검을 발견한 꿈은 아닐까? 내가 원하던 삶을 잘 살고 있다고, 부드러운 미소를 띤 관세음보살이나 마리아의 현신이 나타나 알려준 건 아닐까? 놀랍고 감사한 꿈이다. 어쩌면 내 무의식 속의 욕망이 꿈으로 발현된 것일 수 있다. 암튼 어디인지도 모르고 걷고 있는 내 인생길에 명쾌한 해답을 등댓불처럼 제시한 꿈인 건 분명하다. 가슴이 벅찰 정도로 행복하다.

6시 30분. 어슴푸레한 대기를 뚫고 길을 나선다. 가장 이른 시간에 출발한 날이다. 검푸른 여명의 안개 속에 페드로우소 마을이 잠겨있다. 가로등 불빛만 안개 사이로 뿌옇게 흐르고 있다. 랜턴 없이 컴컴한 숲길을 걷는다. 이럴 줄 알았으면 배낭에 챙겨 오는 건데, 쩝. 대신 눈을 부릅뜨고 어둑한 새벽에 몸을 적응시키며 조심히 걷는다. 어둠 속이라도 앞서거니 뒤서거니 하면서 걷는 순례객이 있어서 무섭지는 않다. 여명에 적응해 갈 즈음, 짙은 숲길 끝에서부터 아스라이 아침이 밝아온다. 우주가 벌이는 신비한 마술쇼. 서서히 날이 갠다.

안개비는 부슬비가 된다. 판초를 다시 꺼내 입고 걷는다. 1시간이 경과됐나? 길목에 바가 나온다. 적절하다. 카페콘레체와 케이크 한 조각. 달지 않아 좋다. 얼마 안 되어 터널을 지나니 손님이 거의 없는 바가 있다. 한 끗 차이로 장사가 잘 되는 가게와 안 되는 가게. 한 끗은 그냥 난순한 한 끗이 아니다. 적기에 적소여야 한다. 돌로 된 바. 돌로 된 집, 돌로 된 담, 돌로 된 성당. 돌로 된 다리, 돌로 된 성. 돌돌돌 돌돌돌, 에잇, 돌로 만든 것들이 다 아름답다. 숲길 둔덕의 거대한 돌 담벼락, 지금은 허물어져서 나무뿌리와 덩굴로 뒤엉켜 있다. 인위가 무위 속으로 묻힌 풍경, 묘하게 아름답다. 두 경계를 싸잡아 엮어버린 덩굴 잎과 키 큰 고사리와 잡초와 잔꽃이 연출한 멋진 광경을 직관하며 즐겁게 참으로 가볍게 걷는다.

판초를 벗었다 입었다를 반복한다. 어제처럼 비가 많이는 내리지 않아 다행이다. 걷기 참 좋다. 거목 레인보우 유칼립투스 숲길. 이 향기, 어쩌란 말이냐, 도대체! 온몸의 긴장을 다 녹여버린다. 누워서 길과 하나가 되고 싶다. 군데군데 떨어진 목피가 갈색 뱀 허물 같기도 하고, 관을 탈출한 미라의 풀린 붕대 같기도 하다. 한동안 비에 젖은 유칼립투스 숲의 상큼한 향기를 잊지 못할 것이다.

써니 언니를 만난다. 우리의 롤 모델이며 PCR 검사 동기. 얘기하며 웃고 걷는다. 바에서 친구는 오렌지 주스, 나는 카페콘레체를, 보카디요는 일인분을 시켜 나눠 먹는다. 적당하다. 언니가 준 사과 한 쪽을 맛나게 먹고 다시 걷는다. 아니, 날아간다. 산티아고가 코앞이라 생각하니 낡은 등산화가 헤르메스의 날개 달린 슈즈로 변해 숲길을 날아간다. 숲길 끝에 낯익은 두 남자, 전 부장과 손 가이드가 손을 흔들고 있다. 고맙고 반갑다. 누군가가 우릴 변함없이 지켜주고 응원하고 있다는 걸 느끼는 것만으로도 얼마나 큰 힘이 되는지! 돌아가면 헤르츠라 쓰인 하얀 우리의 밴을 잊지 못할 것이다.

순례길 길 조형물 아래 온갖 게 다 쌓여있다. 돌, 사진, 조개껍데기, 메모지, 십자가 등이 비에 젖어 어지럽다. 얼핏 보면 쓰레기더미 같다. 하지만 그건 많은 이의 소망이고 그리움이고 슬픔이고 사랑이다. 허리 숙여 잔돌 하나를 정성껏 얹어놓고 간다. 딱히 뭘 바라는 건 아니다. 그저 무사히 순례길을 마치기를 기도한 거다. 뭘 바라긴 했네, 허헛. 마을 성당치곤 제법 큰 성당이 나온다. 성당 공동묘지가 엄청 우아하고 멋스럽다. 동화 속 화려한 궁궐 같은 묘지. 죽음 앞에 모든 인간은 평등하나 죽음의 흔적은 묘지 장식만큼 천차만별이다. 성당에 기부를 많이 한 마을 유지의 묘지인 듯, 몹시 화려하다. 어느 농가의 담벼락 하얀 등꽃. 우리나라 등꽃보다 꽃차례가 훨씬 풍성하고 길다. 돌담 사이 조잡하게 만든 집주인만의 조그만 교회. 창살로 만든 반 평도 안 되는 공간인데 자물쇠로 채워놨다. 들여다보니 예수님이 모셔져 있고, 조가비와 녹슨 동전이 놓여있다.

세상에, 고갯길 넘어 저 멀리 어렴풋이 붉은 지붕의 마을이 보인다. 산티아고 외곽마을인 듯하다. 환호성이 터져 나온다. 어깨춤을 더덩실 춘다. 고가다리를 마구 날아간다. 마침내 산티아고에 입성했다. 기념공원 입간판과 템플 기사 동상 앞에서 기념사진을 찍는다. 느디어 내가 산티아고에 도칙헀구나. 흐느적거리며 춤추는 별 모양의 조형물이 눈에 띈다. 멀고 먼 순례길을 무사히 걸어낸 이가 환희심으로 가득 차 막춤을 추는 형상 같다. 딱 나다. 재바른 써니 언니를 쫓아 속보로 걷는다. 누구도 말릴 수 없다. 드디어 산티아고 데 데 콤포스텔라 대성당 광장 앞에 도착했다. 기쁨이 벅차오른다. 감격의 눈물이 절로 난다. 서로 격하게 안았다. 너무너무 장하다고 대견하다고. 34일 만에 800㎞를 완보했다고.

오늘 하루 만에 도착한 순례자가 1,300명쯤 된다는 정보를 입수했다. 놀라운 숫자다. 엄청 붐빌 것 같다. 완주증명서를 발급하는 사무실 앞은 순례자로 북새통이다. 남들 따라 QR코드를 찍고 기본 정보를 입력하려 하니 잘 안 된다. 친절하게 가르쳐주면 따라 할 텐데 싸가지 없는 모 씨, 귀찮아하며 대충 알려주고는 안으로 들어가 버린다. 화가 났다. 가라앉히고 여기저기서 다시 물어 해결했다. 몇 초만 친절히 알려줘도 되는데, 인간성하고는, 에라이! 영어로 된 나이, 국적, 이름, 순례 목적 등등 많은 항목을 체크했다. 제시된 수많은 국적 중 코리아가 없어서 직접 손으로 써 넣은 게 좀 열 받는다. 우리나라 사람이 한 해에 얼마나 이 순례길을 오는데! 겨우 들어가서 번호표를 받고는 또 한참 줄 서서 기다린다. 5유로를 내고 완보증명서를 통을 포함해서 받는다. 사서 고생했다, 하하. 충분히 그럴 가치가 있다. 빛나는 산티아고 데 콤포스텔라 완보증명서다. 기쁘면서도 헛헛하다. 꽃다발은 없고 졸업장처럼 들고서 기념사진을 찍는다. 걷기보다 완보증명서 받기가 더 힘드네.

완보를 축하하기 위해 오늘 점심은 비싼 해산물 요리를 시켜 호사를 누른다. 광장 레스토랑 야외 테이블에 앉아 산티아고 대성당을 느긋하게 바라보며 화이트 와인과 해산물 요리를 먹는 기분이란 참! 어릴 때부터 껍질 까서 먹는 해산물이란 해산물은 다 좋아했다. 게, 가리비, 홍합, 조개, 새우 성에 차진 않았지만 그래도 완보를 축하하는 건배를 하며 기쁨에 취해 맛있게 먹는다. 껍질을 보니 삼 분의 이는 내가 다 먹어치운 듯하다. 게 앞에선 인정사정없다. 하하. 전투적인 둘째 딸 기질이 발휘된 거다. 느긋하게 광장을 거닐다가 3시에 광장에서 단체로 기념사진 찍고는 호텔로 가서 체크인을 한다.

꿈같은 시간이 흘러 여기까지 왔다. 씻고 좀 쉬다가 깨끗한 옷으로 갈아입고 저녁 미사에 참여하기로 한다. 그 전에 주변 광장을 둘러본다. 큰 공원은 놀이기구와 먹거리로 북새통이다. 어린이날 관련 축제가 있나? 간이 놀이기구를 타면서 즐거워하는 스페인 아이들. 어린 것들은 다 사랑스럽다. 우리도 프리첼을 사서 먹으면서 해찰 삼매경에 빠진다. 골목길을 따라 산티아고 대성당 곁에 있는 박물관에 입장한다. 모르고 티켓을 끊지 않았지만, 앞사람 티켓 덕에 딸려 들어갔다. 스페인어로 된 설명도 읽을 수 없고 관람객은 미어터지고 발바닥은 불타고. 지쳐 퀭한 눈은 앞사람 뒤통수만 보고 간다. 따라 걷다가 수박 겉도 핥지 못하고 그냥 밀려 나왔다.

드디어 산티아고 대성당으로 들어간다. 어마어마한 규모의 휘황찬란한 건축물과 조각에 완전히 압도당한다. 화려함의 극치를 이룬 대성당 제단. 성당 정면 전체가 황금빛 조각으로 눈이 부셔서 바로 쳐다보기가 힘들 정도다. 큰 법당 금불의 화려함과는 비교가 되지 않는다. 미로를 따라 사방에 작은 기도실과 여러 성인과 성물이 안치된 전시관이 있다. 인파에 밀려 야곱 성인과 피에타, 성모 마리아상 등 이루 헤아릴 수 없는 성인 조각상과 성화를 바라보는 것만으로 정신을 나갈 지경이다. 언니랑 함께 왔더라면 얼마나 좋았을까? 아는 것만큼 보인다 했는데 아는 게 별로 없어서 많이 아쉬웠다. 미사가 시작되기 전까지 시간이 별로 없어 빠른 걸음으로 한 바퀴 돌면서 그냥 바라만 봤다. 미사를 시작하면 인파로 더 이상 보기 힘들 것 같다. 사람이 많아도 너무 많다. 그래도 황홀하고 벅차다. 코로나 시기라 보타푸메이로라는 대형 향로는 피우지 않았지만 대성당 안은 은은한 향으로 그윽하다. 중앙 제단

앞에 작은 촛불 하나를 밝힌다. 모두의 안녕을 기원한다. 수녀님의 성가로 저녁 미사가 시작된다. 파이프 오르간 연주에 실린 수녀님 목소리는 천상의 소리처럼 대성당 궁륭 천장까지 아름답게 울려 퍼진다. 절로 경건해진다. 신부님의 스페인어 미사 집전, 못 알아들어도 눈치껏 섰다 앉았다 하면서 진심을 담아 기도를 올린다. 감사하고 감사하다고.

　미사 후 대성당을 나와 호텔로 돌아오다가 길을 헤맸다. 우리 호텔이 성당에서 지척이라는 걸 깜빡하고 너무 멀리 걸어간 거다. 몇 블록을 올라갔다 내려갔다 헤매다 골목길로 들어간다. 스페인 사람들의 밤 문화를 본의 아니게 양껏 체험한다. 다들 선술집 바깥 테이블 삼삼오오 앉아 까냐나 와인 한 잔을 놓고 즐겁게 담소한다. 골목마다 옷가게, 기념품 가게 불빛이 휘황찬란하다. 다리가 너무 아파 인제는 눈에 아무것도 들어오지 않는다. 친구가 구글 내비를 보고 길을 묻고 물어서 겨우 숙소에 도착했다. 800㎞가 아쉬워 기어이 몇 ㎞를 더 보탠 밤이었다. 늦은 시간이다. 레스토랑 찾을 시간도 없고 지쳐서 그냥 눈에 띄는 피자집에 들어가 까냐랑 피자를 시켜 먹는다. 시장기에 허겁지겁 먹어치웠다. 돌아와서 씻고는 아침까지 죽어서 잤다. 참으로 편안한 밤이었다.

5/18 수

3. 포스트레 Postre

- 후식 요리